KB025236

꽃도 꽃피우기 위해 애를 쓴다

꽃도 꽃피우기 위해 애를 쓴다

글 정목 스님

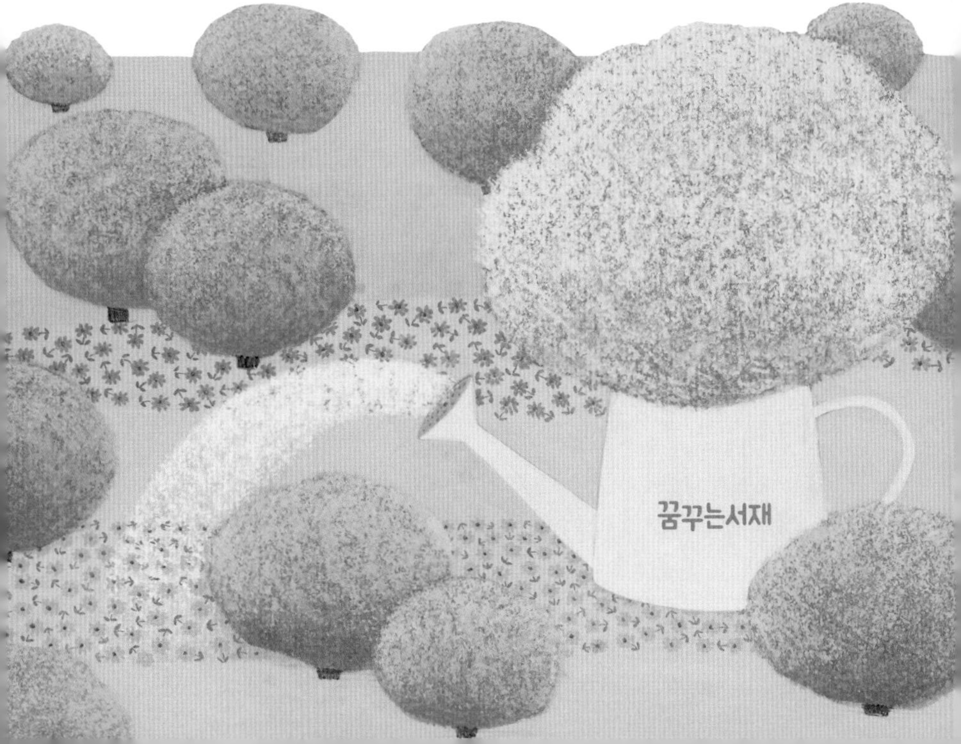

차례

책을 내며 세상 모든 애쓰는 이들에게 10

얼굴 내미는 새순처럼, 간결한 생을 위해

그리운 노스님 16 기도란 있는 그대로 경험하기 20 비둘기 새끼들의 안부 22 천 명이 먹고도 남는 솥 25 천만 원의 세뱃돈 26 새해, 햇살 같은 행복 28 아침에 눈 뜨면 36 새로운 일을 시작하는 분에게 39 '미안합니다' 기도 40 그럴 수 있겠구나 42 새벽에 흘린 눈물 44 모든 대상은 마음을 피곤하게 하네 48 가슴에 새기고 싶은 글 50 오늘은 오늘밖에 없습니다 51 흔들리는 마음 52 생각의 경계 53 봄바람 몸살 56 봄이 와도 봄이 그립다 59 해탈의 차 한 잔 배달합니다 60 번뇌를 거름 삼아 62 마음의 대문 63 마음의 성소 64 마음과 몸의 관계 66 우리의 불성 69 진리의 길 70 하루를 시작하며 기도 72 하루를 마치며 기도 73 앞길이 툭 트이길 바란다면 74 때 76

달빛은 오직 공평하게 세상을 감싸 안습니다

다른 길로 나아가세요 82 나를 위한 용서 86 절하고 일어서기 89 나에게 먼저 너그러워지세요 90 달빛은 아름다워라 92 그 사람을 내 마음속에 모시지 말아요 94 미안해 95 다섯 번의 격려 96 성장을 위한 명상 98 모든 아픔은 치유를 향해 가는 여정 101 우물의 밑바닥은 104 사랑 106 위대한 힘 107 개나리 가지의 경책 108 배울 점이 없는 질병은 없다 111 놋그릇 종소리 112 당신이 빛입니다 115 관점의 유연함 116 보고 싶은 것만 보는 인식의 세계 118 새롭게 바라보기 120 깊이 듣기 121 귀 기울여 듣기, 공경하는 마음 122 인간관계의 향기 125 행복과 하나 되기 128 마음의 시 130 암자의 문풍지 떨리는 밤 132 인연 136 호박벌의 비상 140 철부지 아이 달래듯 143 지옥에서도 편할 수 있다 144 당신과 나의 거리 146 관계 147 임시 정거장 148

내 안의 꽃들에게 감사 인사 올립니다

돌덩이를 짊어진 사람처럼 154 모든 만남에는 끝이 있나니 156 세상의 다리 159 세월이 가는구나 160 죽음이 즐거운 이유 162 남아 있는 온기 165 마음의 피리소리 166 아버지와 이별을 준비하는 따님에게 170 새로운 경험의 세계 171 장애를 넘어가는 법 174 고통 없이 우주가 탄생한 것이 아니다 175 질병은 위대한 작품을 낳는다 176 삶의 태도 178 미래의 일은 예측하기 어렵다 180 높지도 낮지도 않게 181 지나가는 봄 182 밥값 하는 마무리 184 노인과 아이 188 유배지에 가면 190 자녀 문제로 속상한 엄마에게 194 스트레스로 피곤한 직장인에게 195 쿨하게 살고 싶은 당신에게 196 버스를 탄 할머니 198 Time 200 인생의 경험들 202 생각 203 욕망이 사라질 때 지혜가 나타난다 204 아침 기도를 소개합니다 206 꽃 소식 209 인생의 전류 210 열등생 211

동터오는 아침의 기도

등불 하나가 어두운 밤길을 밝히듯 216 나를 필요로 하는 그곳에 221 옛날이야기에서 깨닫는 마음공부 222 무상한 하루 225 마음의 비밀 226 생각은 씨앗과 같다 229 모래와 바람 그리고 파도 230 흐르는 강물처럼 233 인생의 마지막 공부 236 네 가지 은혜 239 세상의 모든 엄마 240 세포 하나하나에 초점 맞추기 242 해탈이 이야기 244 수행자의 참모습 248 더불어 사는 생명 252 의식 깨어 있기 257 돌산을 깎아 길을 만든 남자 260 무례한 사람 앞에서 263 배은망덕에 대해 264 말의 에너지 267 차가운 겨울의 엘레지 268 저항감이 클수록 상처가 깊지요 270 마음공부 잘하는 방법 272 다시 피는 연꽃 274

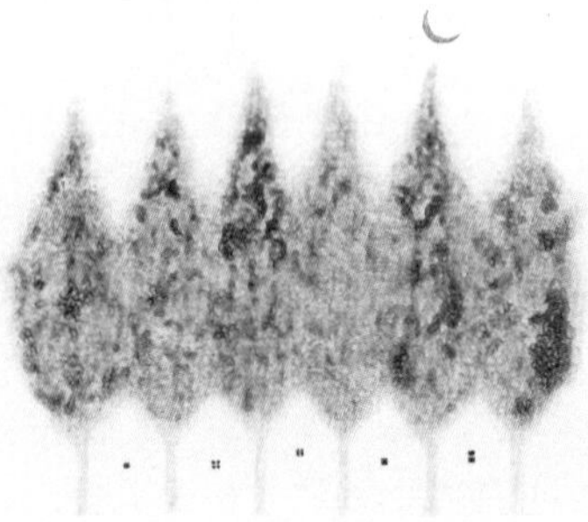

모나고 복잡한 세상 속에서도

평화로운 자태를 머금은 우주의 꽃,

바로 당신에게.

책을 내며

세상 모든 애쓰는 이들에게

봄입니다. 남녘에선 부지런히 꽃 소식이 올라오고 있습니다. 통도사 홍매화가 천릿길을 달려 향기를 전하더니 오늘 아침은 화엄사 흑매의 진분홍빛 자태가 카톡으로 날아왔습니다. 꽃들을 보자 눈앞이 환해지며 차원 다른 세상이 열리는 느낌입니다.

어두운 소식이 많아도 한쪽에선 꽃들이 열어놓는 또 다른 세상이 있는 것입니다. 인생을 살아가는 데는 두 가지 길이 있다고 합니다. 하나는 기억으로 살아가는 방식이고, 다른 하나는 기억을 다 내려놓은 순수의식으로 살아가는 방식이 그것인데, 순수의식이란 인간 내면에 존재하는 때 묻지 않은 의식을 말합니다. 우리 모두는 본래 순수한 존재입니다. 생존에 부대끼는 동안 온갖 생각과 기억이 먼지처럼 켜켜이 쌓이면서 본래의 맑은 창이 얼룩으로 덮인 것뿐입니다.

봄에 피어나는 꽃을 보면서 스스로 꽃처럼 맑고 순수한 존재라는 사실을 되새깁니다. 꽃을 보며 화내는 사람도 있을까요? 꽃은 인간의 마음을 맑게 비추는 거울같이 우리의 내면을 환하게 만들며 영혼을 미소 짓게 합니다.

창밖의 작은 뜰에 꽃 피기 위해 애쓰는 꽃나무들이 보입니다. 세상 모든 것들은 그렇게 피어나기 위해 애를 씁니다. '꽃도 꽃피우기 위해 애를 쓴다'는 시구절을 읽으며 세상 모든 애쓰는 이들에게 이 책을 바칩니다. 봄이 가져다준 화사함처럼 밝은 평화가 세상에 쌓이기를 바라며 책을 내기까지 도와주신 많은 분들과 독자님들께 감사드립니다.

2017년 봄
정목 합장

얼굴 내미는 새순처럼,

간결한 생을 위해

모두 평화로운 하루 맞으소서.

짐이 간결해야 여행이 즐겁듯

인생을 여행 온 듯 가볍게 산다면

그리 많은 것이 필요치 않을 것입니다.

봄에 얼굴 내미는 작은 새순을 보아도,

생은 간결할수록 아름답습니다.

Lee Il Soon

그리운 노스님

오늘 아침 제가 있는 암자 창밖으로 보이는 북한산 보현봉은 온통 흰 눈에 싸여 마치 고향에서 할아버지가 두루마기를 입고 흰 수염을 날리며 서 계신 것 같습니다.
작은 암자지만 거의 산꼭대기 가깝게 자리한 덕에 다른 건 몰라도 전망 하나는 참으로 좋으니 사계절이 다 볼 만하고, 철 따라 변화하는 자연의 모습에 오직 감사할 일뿐입니다.
하얗게 내린 눈을 보고 있으니 내 인생이 앞으로 어떻게 펼쳐지고 어디로 뻗어 나아갈지 아무것도 알 수 없던 나이 열여섯에 삭발을 하고 처음으로 해인사 노스님께 인사를 올리러 갔던 기억이 납니다.

서울에서 대구까지 가는 기차를 타고 동대구역에서 내려 대구에 살고 계시는 큰 사숙님 절에 들러 먼저 인사드리고, 해인사로 가는 시외 버스 터미널까지 찾아가 그곳에서 합천으로 가는 버스를 타고 야로에서 내려 거기서부터는 걸어갔던 기억이 이제는 아득한 옛일이 되고 말았습니다.

해인사 근처 전나무 숲길을 걸어갈 때는 이미 땅거미가 지고 있었고, 산문엔 아무도 없었습니다. 그날도 오늘처럼 흰 눈이 내리고 있었지요. 40여 년 전 일이니 지금보다 눈은 더 많이 내렸고, 머리에 쓸 모자 하나 없이 내리는 눈을 그대로 맞으며 걸어가야 했지만 마음은 날아갈 듯 가벼웠습니다.

그야말로 파르라니 깎은 머리였지만 추운 줄도 몰랐고, 등산화가 귀하던 때이니 고무로 만든 털신 하나만 신은 발은 눈에 푹푹 빠져 양말이 다 젖고 발이 시렸지요. 그러나 그런 것은 아무런 문제가 되지 않을 만큼 삭발한 것이 좋았으니 지금 생각해도 그 시절 나는 정말 철없고 못 말리는 사미니였습니다.

주변 모든 사람이 말리는데 왜 그토록 출가하겠다고 막무가내로 머리를 깎았던 건지 해인사 일주문을 향해 걸어 들어가면서야 나는 홀연 내 마음을 알 것 같았습니다.

너무도 익숙한 곳, 한 번도 와보지 않았지만 그곳은 내게 익숙한 곳이었습니다. 오래 살던 고향집을 찾아가는 것처럼 모든 것이 낯설지 않았고, 발길을 옮길수록 마음은 말뚝 신심과 싱글벙글거리는 환희심으로 날아갈 것만 같았으니 출가가 어렵다 한들 두려울 것이 뭐 있었겠습니까? 해는 뉘엿뉘엿 기울고 있는데, 동자승 같은 사미니가 바랑 하나 둘러메고 혼자 눈을 맞으며 산문을 향해 걸어가는 풍경은 지금에 와서 돌이켜보면 한 편의 영화 같지 않았을까요?

적막이 감도는 산길은 금방이라도 어디선가 설해목(폭설에 부러지는 나뭇가지) 소리가 허공을 가르며 들려올 듯했습니다. 눈 무게를 견디지 못한 나무들이 쩍쩍 가지를 찢으며 산중을 울리는 소리는 바로 무언의 설법이 아니고 무엇이겠습니까?
지금도 눈이 많이 내리는 날 제 귓가엔 설해목 소리가 들려옵니다. 그 소리는 돌고 돌아 일정한 간격으로 귓가를 울리는데, 그 소리야말로 저를 깨어 있게 하는 죽비소리 같습니다. 그 소리는 번뇌를 가르고 해탈의 길을 열어주는 진리의 바퀴가 굴러가는 소리입니다.

이 글을 쓰다가 잠깐 눈을 감으니 이제는 뵐 수 없는 노스님의 미소가 선명하게 떠오릅니다. 그렇게 눈길을 걸어 암자로 들어섰을 때 그윽한 미소로 반겨주시던 노스님의 미소가 이 아침 가슴을 따뜻하게 해줍니다. 갓 출가한 사미니를 향해 보내주신 연꽃 같던 그 미소가 많은 세월이 지난 지금의 제 눈시울을 붉어지게 하고 코끝을 찡하게 합니다. 이렇게 산에 눈이 쌓이는 날이면 노스님이 그리워집니다. 저 눈길 따라 걸어가면 우리 노스님 곁에 가 닿을 수 있을까요? 무심히 걸어온 길 돌아보니 내 발길은 노스님이 앞서 가신 길을 그대로 따라 걸어왔군요. 노스님은 그렇게 붓다와 선지식들의 발길 따라 해탈의 길을 가셨지요.

이제 제가 걸으며 남기는 이 발자국들이 뒤따라오는 사람들에게 작은 이정표가 되고 있는지 한 번씩 돌아보게 됩니다. 길은 여전히 눈보라 속에 아득하고, 오늘 하루 저 눈 위에 내 발자국 허우적거리지 않기를, 비틀거리지 않기를, 자비와 지혜의 등불 밝혀 똑바로 걸어가야겠습니다.

기도란 있는 그대로 경험하기

우연히 텔레비전에서 뇌성마비 1급 장애로 전신을 쓸 수 없는 여성이 발가락으로 능숙하게 바느질을 하고 수를 놓는 것을 봤습니다. 심지어는 고구마 부침, 계란 프라이까지 숙달된 솜씨로 척척 해서 손님들께 대접하는 것입니다. 모든 일을 발가락으로 자연스럽게 해내는 그녀의 얼굴에선 웃음이 떠나질 않더군요.

심지어 가위질도 발가락으로 깔끔하게 할 뿐 아니라 방 안의 정리정돈은 물론이고 커피포트에 물을 끓이는 것부터 커피를 타서 손님께 대접하는 모든 과정이 다 발가락으로 이루어지는데도 서툴거나 모자라는 바가 없었습니다.

뭔가를 할 수 없다거나 이룰 수 없다는 생각을 꿈에도 해본 적이 없고 마음만 먹으면 하지 못할 것이 없다며 비틀린 표정으로 웃는 그녀는 참으로 당당하고 아름다워 보였습니다. 그녀를 보며 마음이 장애를 장애라고 인식하지 않고, 지레 불가능하다고 마음먹지만 않는다면 그 어떤 것에도 한계나 제약이 없구나 하는 사실을 확인했습니다.

긍정적이고 밝다는 것은 바로 그녀의 웃음과 같은 것이라고 저는 생각합니다. 스스로 뭔가 부족하다고 여기면서도 아닌 척하거나 장애라고 생각하면서도 그 장애를 인정하지 않고 억지로 그것을 감추려 하는 그런 식의 극복이 아니라, 자신의 있는 그대로의 모습을 기쁘고 즐겁게 인정하며 경험하는 것이 참된 극복이며 기도가 아닐까요?

고통에서 벗어나려 안간힘을 쓰는 기도나 결핍을 채우려 항상 허덕이는 기도는 몸과 마음을 지치게 하고, 정신적으로 더욱 고갈되기 쉽습니다. 미래를 따라가는 기도는 숨 가쁘고, 과거를 쫓아가는 기도는 허망하지요. 어떤 모습, 어떤 상황이라도 지금 이 순간 있는 그대로 기쁘고 즐겁게 경험하는 것이 순수한 극복이며 기도입니다.
오늘이 전부입니다. 미래나 과거로 달려가지 말고, 미래나 과거에 매달려 기도하지도 말고 지금 이 순간 열정적으로 살아가면 모든 것이 완전합니다. 진정한 기도는 있는 그대로를 인정하고 받아들이고 온전히 경험하는 것입니다. 맞서거나 다투거나 투쟁하는 것이 아니라 왔다가 가는 것을 즐기고 놓아버리는 것입니다.

비둘기 새끼들의 안부

살아가는 동안 만나는 아름다운 인연이라면 무엇보다 영혼을 일깨우는 스승과의 만남을 빼놓을 수 없습니다. 영혼이 개화된 스승을 만나는 것은 마치 가을 들판을 물들이고 있는 한 그루 거목을 만난 것과 같지요. 숲속에 가득한 나무 향기처럼 스승이란 가까이 가기만 해도 저절로 마음이 열리고 의식을 드높아지게 하는 존재입니다.

그 반면 망상이 많고 생각이 복잡한 사람 곁에 있으면 우리 의식은 자신도 모르게 오그라들고 경직되고 말지요. 큰스승과 함께 있으면 마음이 편안해지고, 삶에 저항이 많은 사람과 함께 있으면 뭔가 불편하고 짜증스러운 것도 그 때문입니다.

의식이 드높은 사람은 그 의식의 열린 정도만큼 우리에게 좋은 에너지를 보내줍니다. 그런 분들과 함께 있으면 마치 나무가 많은 숲속에 있는 것처럼 생기가 돌고 편안해지며 신선한 느낌을 받게 됩니다. 그들이 내뿜는 에너지가 나무나 풀 같은 자연의 에너지와 흡사하기 때문일 것입니다.

나무를 치료하는 나무의사를 만난 일이 있습니다. 나무에 대해 자신의 몸보다 더 환하게 알고 있는 분이었지요. 그의 말에 의하면, 소나무는 햇빛을 보지 못하는 그늘진 곳에 있으면 병들게 되고, 해충들은 그렇게 병든 소나무를 집중적으로 공격해 자신들의 서식처로 만든다고 합니다. 병든 나무를 빨리 손질해주고 고쳐주지 않으면 주변 나무까지 함께 목숨을 잃게 된다는 설명을 들으며 나는 인간의 삶도 나무와 다르지 않다는 생각을 했습니다.

사람 또한 어두운 생각과 부정적인 생각을 가지고 있는 사람과 함께 있으면 좋지 못한 에너지를 받아 주위가 다 어둡고 우울해집니다. 매사를 원망하고 불평과 불만으로 스스로 마음에 그늘을 드리우면 점점 허약해지고 만사가 귀찮아지게 되지요. 그러나 햇빛을 향해 두 팔 뻗으며 활짝 웃음 짓는 사람은 곧고 아름다운 모습으로 성장하는 소나무처럼 좋은 에너지를 전달하며 주변에 있는 모든 사람을 행복하게 만듭니다.

제가 부탁드린 병든 소나무를 돌본 뒤 귀가했던 나무의사로부터 전화 한 통이 걸려왔습니다. 해충을 퇴치하기 위해 약을 치다가 나무 꼭대기에 있던 비둘기 새끼를 발견하고 그것들을 내려놓은 뒤 약을 뿌렸는데 다시 올려놓은 그 아이들이 괜찮은지 걱정이 된다며 안부 전화를 걸어왔던 것입니다.

나무를 사랑하는 사람은 아마 그 인격 자체가 나무를 닮나 봅니다. 가을날 단풍으로 물든 나무 한 그루를 만나듯 그렇게 영혼이 맑은 사람들과 만나는 것은 행복한 일입니다. 풍상의 세월을 견디어온 고목이 내뿜는 에너지에 명상적인 분위기가 배어나듯 맑은 사람들의 영혼 또한 그것 그대로가 명상적인 힘을 가지고 있습니다.

내게서 뻗어 나가는 에너지가 자신과 주변을 병들게 하는지 아니면 자신과 상대를 살리고 빛나게 하는지 조용히 돌아볼 일입니다.

천 명이 먹고도 남는 솥

어떤 분이 이렇게 물었습니다.

"솥이 하나 있는데 평소에 떡을 찌면 셋이 먹기에도 부족하나 천 사람이 먹으면 남는데, 왜 그럴까요?"

정말 왜 그럴까요? 답은 이렇습니다.

"다투면 부족하고 사양하면 남습니다."

서로 먹겠다고 아귀다툼을 하면 솥이 아무리 커도 모자라지만 양보하고 사양하면 천 명이 넘어도 남는 이치가 사랑의 솥입니다.

인간의 마음은 어느 날은 세상 모든 사람을 다 도울 것같이 커졌다가 어느 날은 좁쌀처럼 작아지며 갈팡질팡하는 속성을 가지고 있지요. 그런 마음의 변덕 앞에서 사랑이란 것도 어떤 땐 나 한 사람 지탱하기에도 부족할 정도로 작아졌다가 어떤 땐 또 천 사람을 다 사랑하고도 남을 만큼 넉넉해지기도 합니다.

어떻게 쓰느냐에 따라 작아지기도 하고 커지기도 하는 이 마음이란 것의 요술. 우리는 그런 요술방망이를 가지고 있으면서도 늘 부족함에 쫓기며 살고 있습니다.

천만 원의 세뱃돈

세뱃돈을 천만 원씩 받으면 신나는 일이 될까요? 돈은 많으면 많을수록 좋다는 사람도 있겠지만 돈이 많다고 꼭 행복한 건 아닙니다. 해마다 새해가 되면 나는 나만의 방식으로 음력 정월 보름까지 사람들에게 복을 나눕니다. 새해가 되면 늘 만 원짜리, 천 원짜리 지폐를 한 장씩 봉투에 넣어 세배 오는 분들에게 천만 원이라 하면서 드리는데, 천 원에다가 또 만 원을 보태니 천만 원이 아니고 무엇이겠습니까.

그런데 이 돈은 세배 오는 분들께만 드리는 게 아닙니다. 절을 찾는 신도님들뿐 아니라 택배를 가지고 오시는 기사님, 도로를 청소하고 계신 환경미화원 아저씨, 또 도시가스나 전기 검침하시는 분, 그날 만났던 택시 기사님이나 밥을 먹으러 갔던 식당의 주인아주머니를 비롯해 종업원까지, 만나는 인연들이라면 모두 천만 원 세뱃돈의 대상이 됩니다.

재미있는 일은, 2017년 1월에 우리 절에 살고 있는 노보살님 두 분이 택시를 타고 오는데 동네 골목에 이르자 갑자기 택시 기사님이 "아, 나 이 동네 오는 거 너무 좋아해요. 이 동네만 지나가면 기분이 좋아지고 행복해져요"라는 말을 했다는 것입니다. 이유를 물으니 이 동네에 사는 한 스님이 택시에서 내리면서 파란 봉투를 하나 꺼내더니 "기사님, 1년 내내 건강하시고 돈도 많이 버세요. 복이 될 씨앗 돈을 드릴게요" 하면서 바로 그 천만 원 세뱃돈을 주었다는 것입니다. 그 말을 들은 노보살님들은 그게 바로 우리 스님이라고 반가워하며 어떻게 그 기사님이 공교롭게 자신들이 탄 택시 기사님이 되었는지 세상이 참 좁다며 신기해했지요. 이야기를 들은 나는 그게 지난해 일이라는 것을 대번에 알았습니다. 해마다 돈을 넣는 봉투 색깔을 달리하기 때문이지요.

봉투 속에 든 그 천만 원 세뱃돈을 1년 동안 고이 간직하며 힘들 때마다 꺼내보며 힘을 받는다 했다는 그 기사님 생각을 하면 그 돈은 정말 천만 원 못지않은 힘을 가진 것 같습니다. 세상 모든 사람이 다 행복하고 건강하게 살기를 소망하는 새해에, 나누면 더 행복해진다는 사실을 천 원짜리 한 장과 만 원짜리 한 장으로 그렇게 나는 절감하며 살아갑니다.

새해, 햇살 같은 행복

태국의 큰스승 아잔차 스님께 한 서양인 제자가 불평 섞인 말투로 "왜 스님은 매일 마을에 내려와 신도들 머리에 물 뿌려주며 축복하는 일에만 시간을 보내시는 겁니까? 깨달음과 아무 관계도 없는 이런 일에 시간을 보내는 것을 보면 전혀 깨달은 분의 행동 같아 보이지 않습니다. 너무도 실망스러워 저는 이 사원을 떠나겠습니다"라고 말했습니다.

스님은 빙긋이 미소를 지으며 이렇게 대답하셨다는군요.

"네가 나를 깨달은 사람으로 보지 않은 것은 큰 다행이다. 그렇지 않았다면 너는 깨달은 사람한테 매달려 지내느라 평생 깨달음을 얻지 못할 것이다."

깨달음이 뭔지 모르면서도 사람들은 그렇게 '깨달았다', '못 깨달았다'를 분별하며 여기저기 스승을 찾아 헤매고 다닙니다. 깨달음이 인간이 사는 저잣거리에 있지 않고 특별한 어떤 공간, 특별한 어떤 사람에게 있는 것이라고 믿으며 사람들은 거룩한 모습을 한 도인을 찾아 헤매기도 합니다.

행복 또한 마찬가지입니다. 행복이 특별한 상황, 특별한 조건이 주어질 때 찾아오는 것이라고 굳게 믿은 나머지, 사람들은 이건 이래서 행복하지 못하고, 저건 저래서 행복하지 못하다며 모든 걸 불만족스러워하며 행복을 찾아 헤맵니다. 날마다 오는 날, 해마다 오는 해에다 사람들은 또 새해니 묵은 해니 이름을 붙여놓고 새 술은 새 부대에 담아야 한다며 유난을 떨기도 합니다. 새해를 노래한 선시禪詩에 이런 글이 있습니다.

묵은 해니 새해니 분별하지 말게.
겨울 가고 봄이 오니 해 바뀐 듯하지만
보게나 저 하늘이 달라졌는가.
우리가 어리석어 꿈속에 사네.

꿈속에 사는 어리석은 우리는 새해라고 노래하지만 그 마음은 좀체 새것이 되질 못합니다. 마음을 새것으로 바꾸지 않는 한 지금의 이 새해는 금세 헌 해가 되며 남루해질 것입니다. 새해 문안을 드리는 제자들에게 제 은사스님은 이렇게 답하셨습니다.

"스님, 오늘이 새해 첫날입니다. 건강하게 우리 곁에 계셔주셔서 고맙습니다."

"오, 새해가 왔어? 난 전혀 몰랐네."

올해 아흔셋이 되신 스님은 그렇게 묵은 해인지 새해인지 시간의 흐름을 인식하지 못하십니다. 아흔셋의 연세에 더 이상 시간에 대한 분별이란 참으로 무의미한 일이라 그러셨던 건지…. 새벽 두 시 무렵, 홀로 방석 위에 앉아 계시는 노스님을 뵌 손상좌가 "안 주무시고 뭘 하세요?" 하고 여쭈었더니 스님은 "내가 할 게 하나밖에 더 있니, 내가 갈 꽃밭 내가 가꿔야지"라고 답하셨다고 합니다.

"정목아, 내가 요즘 바보가 된 것 같구나. 아무것도 모르겠어. 정말 내가 아무것도 아니라는 것밖에 모르겠구나." 모든 걸 다 알고 계실 듯하던 스님은 이제 내가 아무것도 아니라는 그 사실밖에 모르겠다고 고백하십니다. 아무것도 모른다는 그 사실을 알기까지도 그렇게 많은 시간이 흘러가야 하나 봅니다.

이 글을 쓰고 있는 중에 전화가 한 통 걸려왔습니다. 사는 게 하도 힘들어 스님 목소리라도 들으면 그 힘든 마음이 위로가 될 것 같다는 내용입니다. 전화를 넘겨받자 여인은 스님 목소리를 들으니 눈물이 난다며 흐느끼다가 그만 목 놓아 웁니다. 그분은 그렇게 한참을 운 뒤 그것만으로도 위로가 되고 행복한 마음이 들었다며 전화를 끊었습니다.

그렇게 목소리만 들어도 힘이 된다는 사람들과, 손을 잡기만 해도 용기가 생긴다는 분들 사이에서 저는 삽니다. 그분들이 제 목소리를 통해 위로를 받고 행복을 느낀다면, 저는 그분들을 통해 깨달음을 찾아 헤매는 산중이 아니라 도시 한복판인 이곳에서 제가 무엇을 해야 하며 어디 있어야 하는지를 깨닫게 됩니다.

라디오에서 밤 프로그램을 진행할 때 하루는 알코올중독자를 치료하는 병원이라며 환자 중 한 분이 저를 찾는다는 전화가 걸려왔습니다. 가족이 아무도 없고 혼자인 그분은 임종을 눈앞에 둔 환자였는데, 병원 측에서 눈 감기 전에 하고 싶은 말이 뭐냐고 묻자 정목 스님과 한번 통화를 하고 싶다고 했다는 것입니다. 통화가 되자 그는 몇 번씩이나 제게 방송하는 정목 스님이 진짜 맞느냐고 묻고 또 물었습니다. 믿어지지 않는다며 가쁜 숨을 멈추며 힘겹게 말을 이었습니다. 그분의 그런 순수함 앞에 저 또한 안타까운 마음이 들었습니다. 미약한 힘이지만 잠시 벗이 되어 그분 사연을 들었습니다.

그분은 세상에 절망한 뒤 매일 술로 지내는 바람에 간이 다 녹아버렸고, 병원에선 곧 세상을 떠나게 될 것이라고 마지막 선고를 했다는 것입니다. 남의 이야기하듯 태연하게 말하는 것이 마치 도의 한 경지를 넘은 사람같이 느껴질 정도였습니다. 죽기 전에 뭘 하고 싶냐는 병원 측의 호의에 종교는 없지만 정목 스님과 통화나 한번 했으면 좋겠다고 말했는데 그런 일이 정말 일어날 줄은 몰랐다며 말하는 내내 그는 감격하고 벅차했습니다. 죽음을 눈앞에 둔 그분의 태도는 참으로 인상적이었는데, 자기는 태어나 한 번도 남에게 뭘 베풀어본 적이 없는 사람이라 죽기 전에 누군가에게 선물이라도 한번 해보고 죽고 싶다며 주소를 알려달라고 했습니다.
며칠 뒤 상주곶감 한 상자가 제게 배달되었습니다. 마지막으로 누군가와 뭔가를 나누고 싶다며 보낸 그분의 그 뜻깊은 선물을 하나씩이라도 가까운 이들과 나누기 위해 분배하는 동안 창호지 바른 암자의 창 위로 스며들던 햇살을 잊을 수 없습니다.
제가 사는 작은 암자의 매화나무 가지에 어느새 물기가 오르고 있습니다. 계절은 아직 차갑지만 제주도에서 만발한 동백 사진을 지인들이 보내오고 있습니다.
마음이 새것이 아닌데 새해와 묵은 해가 뭐 다를 바 있겠습니까. 행복과 불행 또한 마음이 바뀌지 않는다면 차이 날 게 뭐 있겠습니까. 새해엔 우리가 바라는 행복이 상황에 따라 달라지는 변화무쌍한 마음의 결과물이 아니라 보잘것없는 대상에도 차별 없이 비치는 저 햇살처럼, 어둠을 밝음으로 바꾸는 빛과 같은 것이었으면 합니다.

마음 둥글고 표정 둥글고 말씨 둥글고 생각 둥글어

오늘은 온종일 둥근 하루 되소서.

손길 둥글고 눈길 둥글고 운전 둥글고 전화 받는 목소리 둥글어

동남서북 가는 곳마다 온 세상이 보름달로 환하소서.

Lee Il Soon

아침에 눈 뜨면

아침에 눈을 뜨면 제일 먼저 무엇을 하시나요? 아침 신문을 보거나 물을 한 컵 마시거나 컴퓨터를 켜시나요? 눈을 뜨면 몸을 일으키기 전에 먼저 환한 세상이 다시 열리도록 도와주신 우주의 보호자들께 감사를 드리는 것도 좋습니다.
"이 아침, 나와 함께 눈을 뜬 모든 존재들이 건강하고 행복하길 기원합니다."
입속으로 속삭인 뒤, 자리에서 일어나 하와이의 전통적인 치유 방법을 세상에 널리 알렸던 휴렌 박사의 기도문을 되뇌어보는 것도 좋습니다.
"미안합니다. 용서하세요. 고맙습니다. 사랑합니다."

숨 쉬는 것, 살아간다는 것, 그것 모두가 다 고맙고도 미안한 일입니다. 숨 한 번 들이쉬고 내쉴 때마다 공기 중에 있는 많은 생명들을 들이마시게 되고, 숨 한 번 내쉴 때마다 또 수많은 죽은 생명들을 공기 중에 토해내게 되니 그것은 고맙고도 미안한 일입니다. 육신의 이동을 위해 한 발짝, 한 발짝 걸을 때마다 알 수 없는 생명들을 밟게 되니 그 또한 미물들에게 미안한 일입니다.

살아오면서 누군가와 언성을 높여 다툰 일이 있다면, 그리고 누군가의 가슴에 비수를 꽂는 말과 행동을 한 일이 있다면, 분노가 치솟아 누군가를 저주하거나 원망한 일이 있다면, 자기의 판단과 분별심 때문에 다른 사람을 오해하거나 상상하고 비난하고 비판한 일이 있다면, 자기의 행복을 위해 타인을 괴롭히거나 힘들게 한 일이 있다면 이것은 모두 이기심에 의한 행동이니 어찌 용서를 구하지 않을 수 있겠습니까?

세상에 태어나는 그 순간부터 우린 우주의 보호와 은혜를 입지 않은 것이 없는데 어찌 고맙다 인사하지 않을 수 있겠습니까? 바로 내 곁의 가족과 친구와 친척, 이런저런 인연으로 만나는 법의 도반들, 가게나 일터에서 만나는 사람들, 그들이 모두 손님이며 우주의 보호자인데 어찌 고맙지 않겠습니까? 누구도 적이 아니며 누구도 원수가 아닌데 어찌 사랑하지 않을 수 있겠습니까?

지금 내가 고통받고 있다면, 지금 내가 갈등하고 있다면, 이 모든 것의 원인이 나 자신의 행복만을 위하는 이기심에서 왔다는 것을 알아차리고, 내게 찾아온 질병 또한 업의 결과임을 분명하게 인식하며, 번뇌와 망념이 일어나면 그 즉시 부처의 마음자리에 맡겨서 녹아내리도록 해야 합니다.

오늘 하루 누군가를 만나는 순간, 판단과 분별심이 생기면 그것이 그릇된 마음의 습관이라는 것을 바로 알아차려 질병이 도졌구나 하고 그 즉시, '미안합니다, 용서하세요, 고맙습니다, 사랑합니다'라는 축복으로 스스로를 정화해보세요. 그렇게 정화하고 또 정화하는 동안 우리는 더 크게 고마워할 일과 더 크게 사랑받을 일을 만나게 됩니다.

새로운 일을 시작하는 분에게

원하는 바가 분명하고 뚜렷한 목표가 있다면, 이루기 원하는 그 소망을 간절하게 떠올려 집중하고 거기에 초점을 맞추어 이미 자신이 바라는 대로 다 이루어지고 성취되었다는 마음으로 행동하고 생각하고 말하며 기도해보세요.

직장을 원하는 분이라면 자신이 원하는 곳에 이미 다니고 있다 상상하며 "즐겁고 감사합니다. 내게 이런 기회가 와서 천만다행입니다" 라고 스스로에게 속삭여보세요. 물론 그런 기쁜 순간을 위해 할 수 있는 모든 힘을 기울여야 하는 것은 두말할 필요도 없습니다.

"새로운 변화가 찾아와 다시 나를 바라볼 수 있고, 주변을 정리할 수 있어 감사합니다", "잘 안 되어도 감사한데 잘되니 더욱 감사합니다", "잘 안 되었지만 실패로부터 뭔가를 배울 수 있어서 감사합니다" 등 감사와 고마움을 습관으로 만들어 그것이 에너지가 되도록 하는 삶은 인생의 방향을 기쁨의 나침반으로 바꿔놓는 것과 같습니다.

'고맙습니다. 감사합니다. 사랑합니다'가 일상이 되고 생활이 되도록 자신을 이끌어보세요.

'미안합니다' 기도

걱정과 근심으로 마음이 편치 않을 때가 있지요. 걱정과 근심이란 오래된 기억에 대한 반응이고, 지나가 버린 것에 대한 반응은 시간과 에너지를 낭비하는 가치 없는 일입니다.
지금 문제라고 생각하는 것들이 사실은 문제가 아닐 수도 있다는 사실을 알아차리기만 해도 우리는 한 걸음 더 앞으로 나아갈 수 있습니다. 진짜 더 큰 문제는 문제에 대한 우리의 편견과 그것에 대한 부정적인 인식입니다. 왜 우리는 이 사바세계에 사는 짧은 순간들을 이런 저런 문제에 시달리며 살아가는 걸까요?

모든 문제를 온전히 내 책임으로 돌려서 그것이 무엇이든 의식 속에서 지워나가는 시도를 해보십시오. 내 안에서 문제를 일으킨 것이 그 무엇이건 모두 용서하십시오. '미안합니다'라는 단순한 말 한마디는 우주를 움직이는 기도가 될 것입니다. '사랑합니다'라는 말 한마디는 그 기도를 현실이 되게 하는 따뜻하고 강력한 에너지가 될 것입니다.

헤아릴 수 없이 많은 세월을 윤회하면서 우리는 충분히 고통받으며 살아왔습니다. 그러니 스스로를 고통스럽게 만드는 수많은 반응들을 내려놓고, 일어나는 모든 것을 있는 그대로 다 받아들여 보세요. 밉다, 보기 싫다, 힘들다 생각되는 그 모든 것들에 대해 아무런 해석을 하지 말고 끌어안아 보세요.

지금 우리는 알 수 없는 질병으로 힘들고, 시끄러운 세상사로 힘들고, 여름이 되면 또 가뭄으로 힘들고, 불안한 안보와 심각한 불경기로 힘듭니다. 그러나 이미 우리 곁에 와버린 그 모든 부정적인 상황은 우리가 껴안아주기를 기다리고 있습니다. 그것이 어떤 것이든 피할 수는 없습니다. 껴안고 함께 넘어가야 합니다.

그럴 수 있겠구나

인도의 시성 타고르의 청년 시절 이야기를 들은 일이 있습니다. 하루는 늙은 하인이 아무 말도 없이 나오질 않았습니다. 오후가 되어도 나타나지 않던 하인은 저녁이 다 되어서야 나타나더니 주인에게 늦은 연유를 설명하지도 않고 곧장 빗자루를 들고 마당을 쓸었습니다. 그 모습을 지켜본 타고르는 화가 났지요. '자기 마음대로 오고 싶으면 오고 가고 싶으면 가는 곳인 줄 아나?' 하는 생각에 노인에게로 달려가 빗자루를 빼앗아 내동댕이치며 "당신, 오늘부터 해고야" 하고 소리쳤습니다. 그런데 하인은 아무 말 하지 않고 다시 빗자루를 집어 들고 마당을 쓸려 했지요. 머리끝까지 화가 난 타고르는 더욱 큰 소리로 외쳤습니다. "당신, 내 말 안 들려? 해고라고 했잖아! 여기가 당신 마음대로 오가는 곳인 줄 알아?"

그 순간, 늙은 하인이 빗자루를 든 손을 앞으로 모으며 말했습니다.

"네, 주인님. 제가 아무 말씀 못 드리고 오전에 나오지 못한 것은 제 잘못입니다. 그런데 어젯밤에 제 딸아이가 세상을 떠났습니다."

그 말을 듣는 순간 타고르는 갑자기 방망이로 머리 뒤를 얻어맞은 것

같았다고 합니다. 그리고 우리가 타인에 대해 잘 알지 못하고 자기 방식대로 판단할 때 얼마나 공격적이고 잔인해질 수 있는지를 깨달았다고 합니다. 그 후 그는 타인에 대해 성급하게 판단하여 감정을 표현하기 전에 잠시 마음에서 한 발 물러서서 상대에게 무슨 일이 있었는지 알아보게 되었다고 고백합니다.

상대방에 대한 깊은 이해 없이 자신의 기준으로 그 사람을 재어보고 판단하는 습관을 끊어버릴 때 비로소 상대의 내면 속에 웅크린 채 떨고 있는 외로운 영혼을 알아볼 수 있게 됩니다.

단 한 번의 분별심이 뜻밖의 무관심이나 미움과 연결되면 상대방이라는 우주를 내 마음 밖으로 밀어내게 됩니다. 판단과 분별심이 올라올 때마다 상대방을 향해 '그럴 수 있겠구나'라고 읊조려보세요.

'그럴 수 있겠구나.'

'그럴 수도 있겠구나.'

'그럴 수도 있었겠구나.'

상대에 대한 이해가 깊어질수록 인간관계는 편안하고 행복해집니다.

새벽에 흘린 눈물

"나의 친척들이 내가 잘 산다는 소식을 듣지 못하고
나의 적들이 내가 고생한다는 것을 모르며
또 내가 누구도 슬퍼하는 사람 없이 홀로 죽는다면
수행자로서의 나의 소원이 이루어진 것이다."

이른 새벽, 밀라레빠의 말씀을 읽습니다. 그 무엇에도 집착이 없어야 한다는 선지식의 말씀이 깜깜한 새벽, 정신을 맑게 합니다. 정진을 하거나 기도 주력을 하다 보면 지나간 날의 어리석었던 기억이 순간적으로 의식의 수면 위로 떠오를 때가 있습니다.

옛날, 제가 있던 절에 일곱 살짜리 여자아이가 맡겨졌습니다. 무슨 사연으로 맡겨졌는지 자세히는 모르겠으나 어머니가 아이를 절에 맡기고 돌아갔던 생각만 납니다. 유난히 눈이 크고 예쁜 아이였지요. 하루는 이 아이가 밖에 나갔다가 들어오는데 손에 빵을 하나 들고 있었습니다. "너 그 빵 어디서 났니?" 하고 물었더니 "가게 할머니가 주셨어요"라고 대답하는데, 직감적으로 저는 그 아이가 빵을 훔쳤다는 것을 알았습니다. 절에 맡겨진 다음 날부터 이 아이는 계속 무엇인가를 훔쳐 어른 스님들께 여러 차례 꾸중을 들었습니다. 그날도 아이는 가게에서 빵을 하나 훔쳐왔던 것입니다. 바른 대로 말하라고 여러 차례 물었지만 끝까지 할머니가 준 거라고 말하는 아이에게 저는 그만 화가 났지요. 아이에게 빵을 빼앗은 저는 그 빵을 가게에 다시 돌려드리고 와서 회초리로 아이의 종아리를 세 대 때렸습니다. 크고 맑은 그 아이 눈에서는 금방 굵은 눈물방울이 뚝뚝 떨어졌지요.

겁먹은 채 우는 아이를 보는 순간 저는 그만 눈시울이 뜨거워지면서 아이를 꽉 안아주었습니다. 다시는 훔치거나 거짓말하지 말라고 타이르던 저도 마음이 몹시 아팠습니다. 제 인생에 회초리를 들고 누군가를 때렸던 일은 그것이 처음이자 마지막입니다.

그런데 오늘 새벽 갑자기 그 아이 생각이 난 것입니다. 1년 정도 절에 있다가 다시 엄마가 데려간 뒤, 소식이 끊어진 그 아이는 지금 어디에 살고 있는지….

제가 들었던 회초리와 여리고 작은 새 다리 같던 아이의 종아리, 겁먹은 눈망울로 나를 바라보며 뚝뚝 눈물방울을 떨어트리던 아이 생각이 나서 저도 모르게 눈물이 흘렀습니다. 저 역시 어리고 어리석어 아무것도 모르던 때였던지라 더 큰 사랑으로 그 아이를 감싸지 못했다는 후회가 세월이 많이 지난 이 새벽, 갑자기 가슴 가득 밀려온 것입니다.

부처님 역시 어린 왕자 시절 잘못을 저질러 매를 맞은 적이 있으신데, 회초리를 들어 올리는 것만 보고도 공포감이 몰려왔다며 사람에게든지 짐승에게든지 누군가를 두렵게 하는 매를 들지 말라고 하셨지요.

"내가 두렵듯이 남을 두렵게 하지 말라"고 하시던 붓다의 말씀이 가슴에 메아리치는 새벽입니다. 아이의 눈에서 떨어지던 눈물방울의 아픔만큼 제 가슴이 이렇게 아프니 다시는 누군가를 아프게 하지 말아야겠습니다. 그리고 늦었지만 진심으로 그 아이에게 용서를 빕니다.

살아오면서 저로 인해 상처 입은 모든 생명들에게 용서를 빕니다. 알 수 없는 생애로부터 인연 맺었던 모든 분들께 제 부족한 행위에 대한 용서를 빕니다. 인생은 정신적으로나 육체적으로나 방황을 하기엔 화살처럼 빠르고, 용서를 빌기에도 너무 짧은 시간입니다. 살아 있는 모든 것이 사랑과 평화 안에 따뜻해지기를 기도하는 새벽입니다.

모든 대상은 마음을 피곤하게 하네

붓다가 언제나 평화로운 선정 상태에서 가르침을 주셨다는 사실은 경전 곳곳에서 발견할 수 있습니다. 그렇게 선정 상태였기에 붓다는 무수한 사람들을 대하며 설법을 하시고 상담을 하셔도 마음의 피곤함을 물리칠 수 있었겠지요.

"세상을 가로지르는 모든 것들은 마음을 피곤하고 지치게 한다"는 말처럼 세속의 대상이나 세속적 진리에 속한 것들은 사람을 피곤하게 합니다.

나라는 생각, 너라는 생각, 남자라는 생각, 여자라는 생각, 아버지라는 생각, 엄마라는 생각, 재산에 대한 생각, 계급에 대한 생각 등 행복과 불행, 불안과 우울, 미움과 원망, 질투와 분노라는 모든 생각과 감각과 반응들은 우리 마음을 피곤하게 하고 지치게 합니다.

하지만 마음 챙김을 할 수만 있다면 우리는 이것들로부터 놓여나고 자유로워질 수 있게 됩니다. 붓다께서 하셨던 마음 챙김을 본보기로 5초 내지 10초만이라도 따라 해보십시오.

들숨과 날숨을 관찰하면서 현재 순간을 알아차림 해보십시오. 스승에 대한 한없는 존경심과 공경하는 마음으로 마음 챙김의 토대를 마련해가십시오. 마음 챙김은 이 생에 일구어야 할 우리 모두의 진리의 밭입니다.

가슴에 새기고 싶은 글

"마음은 우주처럼 광대하다.
기쁨과 슬픔은 모두 그 안에서 나타났다 사라진다.
결코 마음에 해를 주거나 갈등을 일으키지 못하는 법.
그러니 광대한 하늘과 같은 마음에 휴식하라."

눈을 감고 잠시 휴식하세요.
두세 시간 건너 한 번씩이라도 1분간
휴식하는 시간을 가져보세요.
부드러운 호흡으로 지그시 숨결을 응시해보십시오.

오늘은 오늘밖에 없습니다

오늘은 오늘밖에 없습니다. 우리 함께 히말라야를 오르는 마음으로 한 걸음씩 걸어요. 인생의 산들은 또박또박 한 걸음씩 정직하게 걷지 않으면 넘어갈 수 없습니다. 그래서 그것은 거룩하고 경건합니다. 지금 이 순간 행복한 사람은 어제도 내일도 행복합니다. 모든 것은 찰나이며 그 찰나가 움직여 어제를 낳고 내일을 만듭니다. 모든 것은 지금 이 순간, 여기로부터 비롯될 뿐 그 어디에서도 찾을 수 없습니다.

흔들리는 마음

어떤 사람을 보고 우리는
'아, 저 사람 참 마음에 든다' 하며 끌려 했다가
또 어느 순간에는
'저 사람은 하는 행동이 왜 저래?' 하며 밀어내기도 합니다.
그러나 이 두 가지 모두 마음이 흔들린다는 점에선
다를 바가 없습니다.

달콤한 칭찬과 인정받고 싶은 마음에 끌려가지도 말고,
헐뜯거나 비방하는 말이 거슬린다며 거기에 묶일 이유도 없습니다.
순간적이고 즉흥적인 기분에 자신을 자주 내맡기면
쉽게 화가 일어나고 자주 슬픔에 빠지게 됩니다.

생각의 경계

우리가 지어내는 생각도 하나하나 무게가 있고, 저마다의 중력을 가지고 있습니다. 싫다는 생각, 저항하는 생각, 부정적인 생각들은 자기들끼리 뭉치고 비슷비슷한 모양을 만듭니다. 칭찬이든 비난이든 말은 소리이며 그것도 빈 소리일 뿐입니다.

하루를 살면 하루를 사는 만큼 덕이 쌓여야 할 텐데 하루를 살면 하루를 사는 만큼 업을 짓는 건 아닌지 두려울 때가 있습니다. 눈을 감고 생각이 미치는 경계, 생각의 테두리를 하루라는 시간에서 한 달, 일 년, 한평생, 지구의 평생, 태양의 평생, 우주의 평생 이렇게 확장해봅니다.

이 지상에 있는 모든 것들이 어느 것 하나 덧없지 않은 것이 없지만, 덧없는 그만큼 어느 것 하나 소중하게 느껴지지 않는 것도 없습니다. 그러니 굳이 어느 하나에 집착할 일이 없습니다. 짧지만 아름다웠던 순간들을 떠올려보면서 하루하루, 순간순간을 소중하게 보내는 것이 좋습니다. 과거를 추억하거나 미래에 대한 근심을 떠올리는 것보다 현재의 하루하루를 가볍게 잘 살아가는 것이 행복을 끌어오는 일입니다.

우리가 이 세상에 온 이유는 결코 불행하기 위해서가 아닙니다.

행복한 생각은 금방 흘러가는데

불쾌한 생각은 잠에서 깨어나도

오래 한자리에 머물러 떠나질 않지요.

감정도 무게가 있으니

구름이 눈송이 되어 내릴 때까지

잠시 기다려보세요.

2007
Lee Il Soon

봄바람 몸살

봄바람 속에서

복사꽃이

떨어지기 시작하네.

의심은 가지를 치지 못하고

잎사귀를 나오지 못하게 하네.

_도겐 선사

봄바람 몸살을 하고 있는 나무들을 바라보며 꽃이 피기도 전에 벌써 꽃 잎사귀 떨어지는 무상을 봅니다. 저도 요즘 봄바람 몸살을 하나 봅니다.

대중들의 성화에 못 이겨 병원에 들러 여러 가지 검사를 받았습니다. 제 짐작대로 모든 검사 결과가 아무 이상이 없고 과로가 온 것이라고 합니다. 급성과로가 불러온 일시적 현상으로 몸이 붓기도 하고 입맛도 없었던 것이지요.

두 곳의 병원 모두 같은 처방을 내리는군요. 2주 정도 아무것도 하지 말고 푹 쉬어주라는 의사의 처방입니다.
과로가 오는데도 계속 일을 하니 몸이 부어오르고 그래도 알아주지 않으니 입맛을 완전히 떨어뜨려 보고, 그래도 알아주지 않으니 급기야 몸에 염증을 일으켜 열꽃을 만들었던 것입니다.
몸이 이 정도 상태면 적어도 일주일이나 열흘 전부터 몸살기가 심하게 오고, 열이 나거나 앓아누워서 병원에 실려 오는데 정말 그동안 스님은 아무 증세가 없었느냐며 의사마다 고개를 갸우뚱거립니다.
저는 아무 증세도 못 느끼고 아프지도 않았으며 크게 피곤하지도 않았다고 했더니 믿을 수 없다는 표정을 지으며 고개를 가로젓는 의사들을 보니 제가 그 정도로 무딘가 하는 생각이 듭니다.
본래 약을 먹지 않는 편이라 약을 기피하는데 어서 나아야 저를 걱정하는 사람들의 마음을 편하게 해드릴 것 같아 이번엔 마음먹고 약도 먹고 치료도 받으려 합니다.

제가 일을 만나면 잘 멈추지 못하는 습관이 있어서 먹는 것과 자는 것을 잊어버립니다. 한번 의자에 앉으면 일곱 시간이건 열 시간이건 시간 가는 줄을 모릅니다. 예전부터 법당에 기도 한번 들어가면 일고여덟 시간을 무아지경에서 정진하는데, 그러다 그만 팔과 다리가 굳어서 대중들이 들어와 마네킹 눕히듯이 눕혀놓고 풀어주었던 적도 있습니다. 지금도 일을 하다 보면 시간을 까마득히 잊어버려서 문득 시계를 쳐다보면 예닐곱 시간이 지나간 것이 보통입니다. 이번의 과로도 그런 결과이지요. 과로란, 말 그대로 피로가 지나친 것이니 이번 기회에 그 습관 좀 고쳐봐야겠습니다.

저를 걱정해주는 사람들 덕분에 쉬기도 하고 약도 먹어봅니다. 그들이 아니었다면 약을 먹거나 치료하는 방법을 택하지 않고 기도와 정진을 했을 것입니다. 하지만 걱정해주는 분들의 마음이 제일 무서운 것이더군요. 사랑으로 연결된 이들의 마음이 가장 부드럽지만 가장 강하게 서로를 움직이게 한다는 생각도 해봅니다.

봄바람 속에 매화 피면 제 몸살도 끝나겠지요.

봄이 와도 봄이 그립다

남녘에서 올라오는 봄소식에 참을 수 없는 마음이 되어 무등산으로 달려갔습니다. 먼 하늘에서 가까운 이곳까지 바람 타고 날아온 산수유와 매화가 꽃망울 폭죽을 가슴에 품고 온 건지 불꽃놀이 같은 축제를 하고 있습니다. 지리산으로 발길을 돌리면 거기도 온통 꽃난리가 났습니다. 산 수 유, 산 수 유…. 입속에 말을 넣고 오물거려 보니 말의 여운만으로도 부드럽고 달콤하네요. 산수유가 피고 매화가 피는 봄날, 봄이 와도 봄이 그리운 사람들이 꽃잎만큼 화사합니다.

벌들이 다녀간 매화는 향기의 여운만으로도 가슴을 다독거리는 것 같습니다. 광양으로 들어서니 매화꽃은 눈부신데 차량과 사람들 행렬로 향기조차 제대로 맡아보지 못하고 차를 돌려야 했습니다. 옛부터 이름 앞뒤에 '양' 자가 들어가면 볕이 좋은 곳이라 했습니다. '양' 자가 들어가는 곳… 양양, 밀양, 언양, 영양, 고양, 청양, 춘양, 광양, 함양, 온양, 담양… 또 뭐가 있더라? 아는 곳을 몽땅 떠올리며 이 나라 방방곡곡을 다녀보고 싶습니다. 꽃들의 유혹에 마음을 맡긴 채 봄의 축제 속으로 발걸음 옮긴 사람들은 보기만 해도 아름답습니다.

해탈의 차 한 잔 배달합니다

열반하신 숭산 큰스님께서 미국 렉싱턴 선원에 머물고 계실 때 미국인 제자들에게 들려주셨던 법문 중에 이런 것이 있더군요.

"성경에서는 예수께서 '나는 길이요 진리요 생명이다' 하고 선禪에서는 '자신이 참다운 성품을 깨달으면 올바른 길과 진리와 생명을 깨닫는다'고 한다."

그때 한 제자가 선사께 질문을 했지요.

"무엇이 올바른 길입니까?"

선사는 다음과 같이 질문을 하며 동시에 답을 하셨습니다.

"너는 왜 매일 식사를 하는 것이냐? 오로지 자기의 몸을 위해서인가, 개인적인 욕구 때문인가, 아니면 네 자신을 위해서인가? 만약 네 자신만을 위한 것이라면 그것은 동물적인 경계이니라. 반면에 일체중생을 위해 먹는다면 그때 너의 삶과 방향은 분명해진다. 이것을 이름하여 올바른 길이라고 한다."

아침 햇살이 눈부신 날입니다. 지난밤의 천둥, 번개, 비바람은 간 곳

없고 부챗살 같은 빛줄기가 창문을 통과해서 온 집 안의 어둠을 몰아 냅니다. 마음 또한 이와 같아서 근심 걱정 내려놓으면 마음 구석구석이 맑아지고 투명해집니다.

오늘 내가 마시는 물 한 모금도 내 목마름을 위해서가 아니라 일체중생을 위한다는 마음으로 마시겠습니다. 오늘 내가 들이쉬는 공기 한 줌도 나만을 위해서가 아니라 몸속의 수많은 생명들과 중생들을 위해 호흡하겠습니다. 오늘 내가 먹는 공양 한 그릇도 내 배불림을 위해서가 아니라 일체중생을 위해 먹겠습니다.

나만을 위한 것은 바른 것이 아니나 일체중생을 위한 것일 땐 올바른 길이라는 숭산 큰스님 법문. 해탈의 차 한 잔, 당신께 배달합니다. 웃음과 미소가 함께하는 하루 되십시오.

번뇌를 거름 삼아

우리의 삶이 늘 순탄하지만은 않습니다. 걱정과 번민으로 잠 못 이룰 때도 있을 것입니다. 하지만 걱정과 번민은 겉으로 드러난 그대로가 아닙니다.
우리는 실제로 걱정과 번민이 존재한다고 생각하지만 그것은 우리가 상상으로 만들어놓고 스스로 속고 있는 꿈입니다. 꿈을 꾸고 있다는 사실이 믿기지 않겠지만 잠깐이라도 마음의 눈이 떠진다면 알게 됩니다. 인생살이에 걱정과 번민이 생기는 것을 당연한 일이라고 확신하지 마십시오. 걱정과 번민은 단지 상상이 만들어놓은 허깨비 같은 것입니다. 당연하다는 그 확신을 오히려 꿈일 것이라 확신해보시면 어떨까요?

마음의 대문

마음의 대문을 활짝 열어놓으면 살아가는 세상 또한 따라서 열립니다. 바람이나 공기에게는 여권이나 비자가 필요 없듯이 숨 쉬며 사는 존재들도 사실은 그 어떤 증명서나 여권 같은 것이 필요 없이 자유롭습니다. 그러니 우리는 어떤 것에도 묶여야 할 필요가 없습니다.
바람처럼 공기처럼 자유자재로 숨 쉬기 위해 크게 숨 들이쉬고 크게 숨 내쉬며 조용히 눈을 감고 내 안의 거룩한 장소인 성소聖所에 머물러보는 건 어떨까요? 생은 순간적이라 할 만큼 짧고, 배워야 할 공부는 산더미처럼 많습니다. 그러나 그 공부 또한 마음의 대문 활짝 열고 받아들이면 한순간에 높은 산이 평지로 변합니다.

마음의 성소聖所

카뮈의 철학적 에세이를 읽다 보면 이런 구절이 나옵니다.

"어떤 땅과 맺고 있는 관계, 몇몇 사람에 대해 사랑을 느낀다는 것, 마음이 안정을 찾을 수 있는 어떤 장소가 항상 있다는 것, 이 정도면 한 사람의 삶에 있어서 벌써 많은 확신을 가진 거라 할 수 있다."

카뮈가 말하는 마음이 안정을 찾을 수 있는 어떤 장소가 있다면 그곳이 바로 마음의 성소겠지요.

인생에 위로를 주는 어떤 것들을 가지고 계시는지요? 어떤 장소에 가면 안정을 취할 수 있고, 어떤 사람과 만나면 마음이 따뜻해지고 사랑스러워지는, 그런 장소나 존재가 있나요?

각박한 삶 속에서 찾아가 마음의 안정을 취할 수 있는 장소가 있다면 그 장소는 성소가 됩니다. 그러나 그 성소가 물리적으로 너무 먼 곳에 있다면 늘 찾아가 안정을 취할 수가 없지요.

좋은 방법은 특정한 장소를 성소로 정하기보다 내 마음속에 그런 성소를 만들어두는 것입니다. 하루 단 몇 분이라도 마음속의 거룩한 장소를 만들기 위해 행하는 일이 바로 기도나 백팔배 같은 것입니다. 이때의 기도는 물론 명상과 같은 것일 수 있으며, 이때의 백팔배 또한 명상과 같습니다. 뭔가를 갈구하기보다 그냥 뭔가에 매달려 있는 마음을 내려놓는 그런 명상 말입니다.

기도를 하는 순간, 또는 몸을 낮춰 백팔배를 하는 순간 우리 마음속에는 편안해지고 안정이 되는 그런 공간이 생겨납니다. 그 공간 속에서는 무언가를 더 하려고 애쓸 필요가 없습니다. 마음에 뭔가가 채워져 있다면 오히려 그것들을 텅 비워보는 것이 좋습니다. 비운다는 말은 매달려 있는 마음을 쉬게 하라는 뜻입니다. 비어 있는 그 공간에서 마치 텅 빈 가을 하늘같이 무량한 휴식을 느낄 수만 있다면 우리의 기도는 성공한 것입니다.

마음과 몸의 관계

래리 도시라는 의사는 치유하는 기도에 대한 의학적 견해를 이야기하면서 성자가 병에 걸리는 이유와 죄인이 오래 사는 이유에 대해 흥미로운 의견을 말한 적이 있습니다.

실망스러운 일이지만 깨달은 분들의 사망 원인이 우리가 일반적으로 생각하는 이상적인 것과는 거리가 먼 것을 보면 죽음이란 정말 누구에게나 공평한 것이라 할 수 있습니다. 성자의 성자답지 못한 질병이나 죽음에 실망한 이들은 성자 또한 업의 법칙으로부터 자유로울 수 없다며 한숨을 내쉽니다. 그러나 분명한 것은 성자건 아니건 육체를 가진 모든 존재는 결국엔 다 세상을 떠난다는 사실입니다.

래리 도시는 이렇게 말합니다.

"사람들은 육체적 건강과 영적 성취 사이에 어떤 고정된 관계가 존재한다고 생각하는데 역사적으로 지금까지 성자와 타락한 사람들의 삶을 볼 때, 사실 육체의 아픈 정도가 자신의 죄업을 평가하는 기준이 될 수는 없다는 것입니다."

지구에 사는 다른 모든 존재들과 마찬가지로 인간 또한 자연의 일부

일 뿐입니다. 육체적인 것과 정신적인 것이 전혀 상관이 없다고는 말할 수 없지만 또한 그것이 반드시 서로에게 영향을 미친다고 말할 수만도 없습니다. 심각한 질병이 왜 생겼는지, 어디서 생겼는지 알아내기란 어렵습니다.

따라서 '열심히 살았는데 왜 내게 이런 형벌이 내려지는 걸까?' 하고 자책할 이유는 없습니다. 그저 그 일이 일어났을 뿐입니다. 세상에 일어나는 일은 어떤 조건에 의해 일어났다가 조건이 다하면 사라지는 것일 뿐, 그 조건을 낱낱이 설명하거나 알 수는 없습니다.

질병이 찾아왔을 때, 그것을 충분히 경험하고 받아들일 마음의 여백을 가지고 치료하는 것이 최선이지 그것이 왜 찾아왔느냐를 따지느라 시간을 낭비할 필요는 없습니다. 독 묻은 화살이 몸에 박혔으면 화살을 빨리 뽑고 치료하는 것이 급선무이지 독 묻은 화살이 왜 내게 날아왔느냐를 두고 따지고 원망하는 것은 아무 의미도 없고 무모한 일입니다.

우리는 고칠 수 없는 병을 통해 고통을 받기도 하고, 때로 전 재산을 잃기도 하며, 더러는 자식을 먼저 떠나보내는 슬픔과 만나기도 합니다. 그런 일을 통해 우리는 살아간다는 일이 얼마나 덧없는 것인지 무상의 속성을 깨닫게 됩니다. 인생의 그런 속성을 깨닫기 위해 우리는 인간 세상에 잠시 여행을 온 나그네들입니다. 이런 무상한 인생에서 우리가 해야 할 일은 사랑과 자비 그리고 이해와 용서의 마음을 더 커지게 하고 그런 마음들을 한없이 나누다가 떠나는 것입니다.

우리가 이 세상에 와서 오직 할 일은 기도밖에 없다는 말도 합니다만 서로를 존중하고 아끼는 마음이 깊어지면 기도 또한 더욱 간절해지는 법이지요.

우리의 불성

출렁대는 것은 물결일 뿐,
물은 그윽하고 변함이 없습니다.
흔들리는 것은 마음일 뿐,
의식은 그윽하고 변함이 없는 법입니다.

바다에 파도가 아무리 일어난다 해도
물은 물일 뿐입니다.
그와 같이 마음에서 분주다망한 생각들이 파도를 치며
좋다 나쁘다 그 어떤 해석을 내린다 해도
우리의 불성은 변함없이 그윽하게 뒤로 물러서서
그 모든 판단과 분별을 내려놓은 상태로
자비롭게 음미하고 있을 뿐입니다.
산은 산이고 물은 물이지 그 어떤 것도 아닙니다.

진리의 길

부처님, 저를 평화의 도구로 써주소서.

미움이 있는 곳에 사랑을

상처가 있는 곳에 용서를

분열이 있는 곳에 일치를

의혹이 있는 곳에 믿음을

절망이 있는 곳에 희망을

어둠이 있는 곳에 광명을

슬픔이 있는 곳에 기쁨을 심게 하소서.

너무나 유명한 천주교의 성인 성 프란치스코의 〈평화의 기도〉입니다. 천주교의 성인이 '부처님, 저를 평화의 도구로 써주소서' 하고 기도했다니 깜짝 놀라는 분도 있겠지요. 물론 '부처님' 대신 성 프란치스코는 '주여' 하고 불렀습니다. 그러나 '주여'라는 호칭 대신 제가 '부처님' 하고 부르니 그 또한 멋지지 않습니까?

누가 이런 기도를 두고 불교니 가톨릭이니 하며 분별심을 일으킬 수 있을까요. 물론 시비를 거는 사람도 있을 것입니다. 그러나 그런 시비는 단 한 번이라도 진지하게 진리를 찾고, 마음공부의 길을 찾고자 했던 사람이라면 결코 일으키지 않을 헛된 분별심에 지나지 않습니다.

위로받기보다는 위로하며, 이해받기보다는 이해하며, 사랑받기보다는 사랑하게 해달라는 〈평화의 기도〉. 줌으로써 받고, 용서함으로써 용서받으며, 자기를 버림으로써 영원한 생명을 얻는다는 성 프란치스코의 기도는 결코 불교인이 걷는 진리의 길과 다르지 않습니다.

하루를 시작하며 기도

아침에 눈 뜨면 내 마음을 가장 부드럽고 자비롭게 할 대상을 떠올려 마주하세요. 이는 하루의 시작을 알리는 종소리와도 같습니다. 동이 터오는 아침, 두 손 모아 기도합니다.

'남을 해치려 하는 마음 내지 않고
비록 화가 머리끝까지 나더라도
그 화가 시키는 대로 막말하지 않으며
남의 흠이나 약점을 들추지 않고
바른 마음으로 자신을 살피리라.'

하루를 마치며 기도

천천히 그리고 느리게 한 번의 호흡이 사라지는 것을 끝까지 확인한 뒤 다음 호흡을 받아들여 보세요. 시간은 위에서 아래로 내려가는 수직이 아니라 둥근 곡선이니까 크게 시작과 끝이 없는 둥근 숨을 쉬어 보세요. 오늘 당신에게 어떤 일이 일어났더라도 그런 일이 우리에게 처음 일어난 일이 아니라는 것을 알아야 합니다. 그러니 걱정하는 시간은 부질없습니다. 다만 이제부터 어떻게 나아갈 것인지만 차분히 생각해야 합니다.

고뇌하고 방황했던 하루, 번뇌 하나 내려놓으려 온종일 걷고 또 걸어 별 뜨는 한밤에 도착한 자신을 아무 말 없이 편히 쉴 수 있게 해주세요. 조용히 세 번 이상, 소리 내어 읽어보세요.

'내가 원하지 않는 암울하고 고통스러운 기억들을
맑은 마음으로 정화합니다.
떠오르는 부정적인 생각들은
낙천적이고 따사로운 빛으로 바뀌소서.'

앞길이 툭 트이길 바란다면

앞길이 툭 트이고, 지금 하는 일이 원하는 대로 이루어지게 하고 싶다면 지금 있는 그 자리에서, 지금 일어나고 있는 그 일에 대해 감사하는 마음을 가지는 게 가장 먼저 해야 할 일입니다.

그러나 이 간단한 일을 실천하기 어려운 이유 중 하나는 자기가 원하는 그 꿈과 소망을 먼 미래에 이루어질 어떤 것으로 자꾸 미루기 때문입니다. 그러나 꿈이나 소망은 먼 미래에 이루어지는 것이 아니라 지금 이 순간, 그것을 이루고자 하는 의지와 행동에 의해 이루어지는 것입니다. 그러니 앞으로 다가올 미래에 자신이 얼마나 편안하고 행복해질까에 마음의 초점을 맞추지 말고, 매 순간 걷고 있는 길에 감사하는 마음을 가지는 게 현명한 일입니다.

혹시 지금까지 자신이 걸어온 길이 마음에 들지 않더라도, 후회가 남더라도, 아쉬움과 안타까움에 한숨이 나오더라도, 그런 아쉬운 마음까지 몽땅 다 끌어안고 수용하며 지금 이 순간에 마음의 초점을 맞출 때 변화가 옵니다.

힘들어하는 자신에게 자주 잘했다고 격려해주고 다 괜찮다며 토닥거려주세요. 덧없는 인생을 살아가느라 수고한 나 자신에게 먼저 사랑과 고마움을 표시해주세요.

“무거운 세상살이, 오늘 하루도 수고 많으셨습니다.”

“힘든 세상살이, 오늘 하루도 잘 살아주셔서 고맙습니다.”

“오늘 하루도 잘 살았어요. 오늘도 나를 믿고 따라주고 도와주어서 고마워요.”

이렇게 자신을 위로하며 격려해보세요. 앞길이 훤해지는 일은 그렇게 먼저 자신을 사랑하고 진심으로 격려하는 것으로부터 시작됩니다.

때

글을 읽지 않음은 말의 때(더러움)이고
부지런하지 않음은 집 안의 때이며
단정하지 않음은 몸의 때이고
게으름은 일의 때이다.

_《법구경》

정신을 살찌우는 좋은 책을 읽지 않으면 말을 가려서 할 줄 모르게 되어 입에서 나오는 대로 아무렇게나 말을 내뱉게 되니 말의 때이고, 몸과 마음이 부지런하지 않으면 집 안이나 일터에 물건이 어지럽게 흩어져 있게 되니 그 또한 더러움이며, 잘 씻지 않고, 옷 입는 것, 머리 손질, 걸음걸이 등 행동이나 말씨가 단정하지 않으면 그것은 몸의 더러움이고, 게을러 움직이는 것을 싫어하면 살아 있는 생명이 당연히 해야 하는 일을 하지 않으려 하니 일의 더러움이라는《법구경》말씀을 새겨봅니다.

스스로를 정화하기 위해서는 입과 몸, 그리고 마음으로 하는 행동을 잘 살펴서 어둡고 부정적인 생각과 감정은 지체하지 말고 바로 쓰레기 봉지에 담아서 내다 버려야 합니다. 어둡고 부정적인 생각이나 감정에 오래 머물러 있기를 좋아하고, 그 주변을 맴돌며 서성거리는 것은 스스로 불행과 불운을 자초하는 일입니다.

자기가 살고 있는 집과 일터를 청소하고 정리하다 보면 마음도 따라서 차분해지고 생각도 정리가 됩니다. 허튼 생각에 집착하는 것은 삶의 안과 밖에 쌓아둔 쓰레기를 정리하지 않는 것과 다름없습니다.

인생은 기다려주지 않고, 순식간에 하루가 저뭅니다. 오늘 좋은 일이 있었다면 그것대로, 힘든 일이 있었다면 그것도 그것대로 모두 감사와 축복으로 받아들이고 두 손을 가슴에 모아야 합니다.

오늘 하루 열심히 살아온 자신에게 고맙고 사랑한다는 감사의 인사를 드려봅니다.

달빛은 오직 공평하게

세상을 감싸 안습니다

열차를 타고 달리는 동안

바깥 풍경을 안아보고 싶을 때가 있고,

삶에 지쳐 절망하는 사람들을

가만히 안아주고 싶을 때가 있습니다.

그럴 때 나는 이렇게 기도합니다.

"당신에게 빛과 사랑을 보냅니다."

다른 길로 나아가세요

자정을 넘긴 시각, 40대 중반을 넘긴 한 남자분이 인생이 너무 고통스럽다며 자살을 시도하려고 모든 준비를 끝냈다는 말을 전화로 알려왔습니다.

우여곡절 끝에 제 전화번호를 알게 되어 이생에 마지막으로 스님께 전화 한번 해보자며 번호를 눌렀다는 것입니다. 절박한 그분의 이야기를 다 듣고 나서 저는 자살이란 내 안에 있는 수많은 생명체에게 허락도 받지 않고 저지르는 무책임한 타살 행위이니 그런 길은 아예 갈 생각도 하지 말라고 했습니다. 고통을 인내해낸 아버지의 용기와 꿋꿋한 모습을 자식들에게 보여주며 귀감이 되고 싶지 않느냐고 타일렀습니다. 자살한 아버지에 대한 악몽으로 자식들이 평생 마음의 짐을 짊어지고 살아가도록 해서는 안 된다는 말도 덧붙였습니다.

힘든 순간 때로 스스로 목숨을 끊어 어려움으로부터 도피하고 싶은 생각이 들 수도 있겠지만 자살 외에 또 다른 선택이 있다는 사실을 잊지 말아야 합니다. 어떤 낭떠러지에서도 우리는 마음만 먹으면 긍정적이고 더 나은 길로 마음을 돌릴 수 있습니다. 짧은 자서전으로 알려진 포티아 넬슨의 글이 있습니다.

난 길을 걷고 있었다. 길 한가운데 깊은 구덩이가 있었다.
난 그곳에 빠졌다. 난 어떻게 할 수가 없었다.
그건 내 잘못이 아니었다.
그 구덩이에서 빠져나오는 데 오랜 시간이 걸렸다.

난 길을 걷고 있었다. 길 한가운데 깊은 구덩이가 있었다.
난 그걸 못 본 체했다. 난 다시 그곳에 빠졌다.
똑같은 장소에 또다시 빠진 것이 믿어지지 않았다.
그건 내 잘못이 아니었다.
그 구덩이에서 빠져나오는 데 오랜 시간이 걸렸다.

난 길을 걷고 있었다. 길 한가운데 깊은 구덩이가 있었다.
난 미리 알아차렸지만 또다시 그곳에 빠졌다.

그건 이제 하나의 습관이 되었다.

난 비로소 눈을 떴다. 난 내가 어디 있는가를 알았다.

그건 내 잘못이었다. 난 그곳에서 얼른 빠져나왔다.

난 길을 걷고 있었다. 길 한가운데 깊은 구덩이가 있었다.

난 그 구덩이를 돌아서 지나갔다.

난 이제 다른 길로 가고 있다.

자신의 인생에 어떤 일이 반복되고 있을 때는 거기서 뭔가 배워야 할 것이 있다는 사실을 알아야 합니다. 비록 첫 번째 잘못을 통해 배우지 못했더라도 그것이 자신의 잘못 때문에 일어난 사건이었음을 깨닫게 된다면 다음엔 그곳에서 얼른 빠져나와야 합니다. 빠져나오는 순간 우리의 눈에 다른 길이 보입니다. 시야를 넓혀서 한번 주위를 둘러보세요. 세상은 스스로 돕는 자를 돕습니다.

자살을 시도하려 했던 그분과 다시 통화가 된 건 하루가 지나고 나서였습니다. 전날 저와 나눈 대화로 마음을 고쳐먹은 그는 고향에 내려가 어머니가 해주신 밥을 먹으며 모처럼 편안한 밤을 지냈다고 합니다. 고향에 내려와 팔순의 노모 곁에서 이런저런 이야기를 나누며 새삼 많은 것을 깨달았다고 합니다. 어머니도 8남매를 키우시며 그 어려운 일들, 고통스러운 일들을 자식들 생각하며 다 감당하셨구나 하는 생각에 눈물을 흘렸다고 합니다. 하마터면 어머니께도 평생 씻을 수 없는 마음의 고통을 드릴 뻔했구나 하는 생각이 드는 순간 아찔했다고 합니다.

전화하는 내내 울먹이며 감사의 말을 전하는 그분이 용기 있는 선택을 해주어서 너무도 고마웠습니다. 목숨을 끊어야겠다고 생각하며 마지막으로 했던 전화 한 통이 극적으로 자신을 죽음에서 건져올렸다며 그분은 더 잘 살겠다고 몇 번이나 다짐을 했습니다. 우리 모두 순간적으로 잘못된 판단을 할 수는 있습니다. 그러나 생사가 달린 판단만은 언제나 긍정적이고 낙관적인 쪽으로 생각을 바꾸어야 합니다.

나를 위한 용서

내가 누군가를 용서하지 못할 때 가만히 돌아보면 나 또한 남에게 상처를 주거나 피해를 주었던 경우가 있습니다. 잘못의 거울을 남에게만 비추지 말고 그렇게 스스로를 향해 비출 수 있다면 다른 사람의 잘못을 용서하는 일이 쉬워질 것입니다.

용서란 꼭 타인에게 향한 것만은 아닙니다. 한 번쯤 자신이 저지른 실수를 떠올리며 자신을 용서해보는 것도 필요한 일입니다. 그런 용서는 스스로의 잘못을 외면하는 책임 회피가 아니라 스스로의 나약함을 인정하고 그 나약함을 사랑과 관용으로 감싸는 아름다운 마음입니다.

강한 면과 약한 면은 누구나 가지고 있는 마음의 양면입니다. 강하다고 자만할 것도 없고, 약하다고 스스로를 비하하거나 자책할 이유도 없지요. 그러나 한때 자기가 저지른 잘못, 한때 누군가로부터 지적받은 자신의 실수, 그런 것들로 오랫동안 자기 자신을 괴롭히는 사람들이 뜻밖에 적지 않습니다. 정작 상대는 지적을 하고 나서 까맣게 잊어버리고 있는데 저 혼자 마음속에 꼭꼭 그때 일을 묻어놓고 스스로를 자책하고 세상을 원망하며 콘크리트처럼 딱딱한 벽을 만들어 자신을 감옥에 가두는 것입니다. 현재와 미래를 온통 부정적으로 만드는 그런 감옥은 먼저 자신에 대한 용서와 화해, 그리고 스스로에 대한 자긍심을 회복해야 무너집니다.
과거에 매달려 있는 어리석은 마음은 현재를 망치고 미래를 망치며 자기 자신의 운명을 제 손으로 일그러뜨립니다. 내가 인정하지 않는 한 과거란 없습니다. 내가 계속해서 만들어내지 않는 한 과거란 흘러가 버린 강물일 뿐 현재에 아무런 영향을 미칠 수가 없습니다. 그러나 어리석은 사람들은 흘러가 버린 과거를 지금에 와서 재삼재사 반추해내고 재생산해내며 스스로를 괴롭히고 우주를 괴롭힙니다.

만약 스스로 못난 사람이라고 여기고 있다면 그 마음을 버리는 게 자신에게 자비를 베푸는 일입니다. 세상엔 특별히 잘난 사람도 없고, 특별히 못난 사람도 없습니다. 잘났다 못났다 하는 기준 또한 스스로 만들어놓은 분별심이며 주인공의 자리에서 보면 모든 것이 다 공空할 뿐입니다. 모든 것이 다 비어 있어 허공이라는 말씀입니다. 누구도 허공에다 대고 잘났느니 못났느니 하지 않는 것처럼 분별심으로 만들어놓은 기준은 무의미합니다.

스스로를 자책하거나 자학하는 마음이 있다면 그 마음이 바로 스스로 만들어놓은 콘크리트 벽이라는 사실을 깨달아야 합니다. 벽을 부수고 자유를 찾아 훨훨 날아오르세요. 못났다는 그 마음을 던져버리고 드넓은 세상을 향해 크게 한 발짝 내딛어보세요.

절하고 일어서기

과거의 기억과 고통에서 일어서려면 용기가 필요합니다. 과거는 이미 지나갔고 어떤 탄원이나 기도로도 과거의 문은 다시 열리지 않습니다. 고통으로부터 벗어나기 위해 절을 해보세요.

새로운 일을 시작하기 위해 절하고,
인간관계를 원만하게 개선하기 위해 절하고,
하는 일이 잘 풀리기를 원하며 절하고,
우울함에서 벗어나기 위해 절하며,
고통스러운 기억으로부터 벗어나기 위해 절하고…

어떤 힘든 일을 만나건 역경으로부터 벗어나기를 원하며
절하는 동안 바닥에 머리 닿는 우리의 영혼은
보복하려는 마음, 오만한 마음, 슬프고 우울한 마음으로부터
벗어나 겸손하고 편안해집니다.

나에게 먼저 너그러워지세요

당신은 혹시 스스로를 비하하거나 무시하고 있진 않은가요? 진정한 겸손은 자신에 대한 사랑으로부터 나옵니다. 가장 고귀한 사람으로, 가장 가치 있는 사람으로 자신을 대우하세요. 그것은 자만과는 다릅니다. 자만은 에고에 대한 봉사일 뿐 사랑이 아니지요.

지금 당신이 소외된 기분을 느끼거나 또는 공허하다는 생각이 들며 정신적 상처를 느낀다면, 그것은 자신에 대한 사랑의 부족이 그 원인임을 알아야 합니다. 누구보다 먼저 자기 스스로를 사랑해야 합니다. 스스로를 아끼고 소중하게 여길 수 있는 사람만이 타인을 사랑할 수 있고 행복할 수 있습니다.

그러니 우선 자기 자신에게 너그러워지세요. 자신에게 너그러워지지 않으면 남의 말이 귀에 들어오지 않아요. 내 마음의 평수가 너무나 협소해서 누구의 말도 들어올 여백이 없는 겁니다.

그렇게 너그러워지기 위해서 우선 내 몸에게 말을 걸어보세요. 내 몸에게 미안하다 말하며 아픈 부위를 쓰다듬고 용서를 구하며 내가 널 잘 돌보지 못해서 미안하다고 진심으로 사죄를 해보세요.

인간이 겪는 고통을
저울에 올려 무게를 달아본다면
어느 고통이 더하고
어느 고통이 덜한 것은 없지요.

다만 우리가 타인의 고통은
나보다 가벼울 것이라 지레짐작하며
내가 겪는 고통이 타인보다
무겁다고 여기고 있을 뿐입니다.

달빛은 아름다워라

창밖이 하도 밝아서 밤새 흰 눈이 오신 줄 알았습니다. 제가 있는 암자의 작은 법당 뒤를 탱화처럼 두르고 있는 대나무 잎사귀 위로 눈이 소복하게 덮여 있는 것 같아 그 아름다움에 잠시 마음을 내어줬는데, 좀 더 가까이 다가가서 보니, 눈 대신 달빛이 대나무를 비추고 있습니다.

앞마당으로 내려서니 기와가 얹힌 담장 위에도, 목련 나무 가지 위에도, 마을의 지붕 위에도, 그리고 아랫집 견공犬公의 작은 지붕 위에도 달빛은 고요하고 은은하게 내려와 있습니다.

제 방 창문으로 내다보이는 곳에 아주 허름한 집이 하나 있는데, 그 집에는 치매를 심하게 앓는 할머니가 살고 있습니다. 누가 모시고 사는지 늘 문이 닫혀 있는 그 집의 지붕 위에도 달빛은 어김없이 찾아가고 있습니다. 고달픈 사람들의 지붕 위로도 달빛이 공평하게 비추고 있는 것입니다.

언제나 자비롭고 부드러운 달빛처럼 마음공부하는 수행자들도 어디서나, 누구에게나 한결같아야 할 것입니다. 얽히고설킨 인간관계 때문에 마음이 힘들어도, 몸이 아프고 고통스러워도, 장사가 안 되어 돈에 쪼들려도, 다니던 회사를 그만두었어도, 주식이 폭락해서 재산을 날렸어도, 사고가 나고 법원에 불려 다니더라도… 이 모든 세상 잡사와 무관하게 달빛은 오로지 공평하게 세상을 감싸고 있습니다. 달빛처럼 그렇게 고요하고 은은하게 세상을 감싸며 살아야지 하는 생각을 혼자 나온 마당에서 해봅니다. 중심이 되어 세상을 호령하기보다 때로는 배경으로 물러 나와 객이 되어 생을 바라보는 것도 좋습니다. 달빛의 아름다움에 경배 올리며 세상의 평화를 위해 두 손 모아봅니다.

그 사람을 내 마음속에 모시지 말아요

원한이나 미움은 생각처럼 쉽게 사라지지 않습니다. 친구가 자신을 배신했다고 생각했을 때, 우리는 그 사람을 다시는 만나지 않기로 결심합니다. 하지만 실제로 그 친구는 마음 깊숙이 자리 잡고 있지요. 잊으려 하면 할수록 떠오르기도 하고, 또 그 친구와 비슷한 사람만 봐도 기분이 불쾌해지는 경우도 있지요. 그런 경우 우리는 표면적으로는 그 친구를 안 본다고 하지만, 마음 깊은 곳에 모셔둔 것이나 마찬가지입니다.

결코 원한은 원한으로 소멸시킬 수 없습니다. 오직 자비심으로서만 이 녹일 수 있다는 게 진리이지요. 마음속 깊이 모셔놓고 있는 그 사람을 이제 더 이상 모시지 마세요. 햇빛에 봄눈이 녹듯 마음속 원한에 자비심을 쪼여 녹아내리게 하세요.

미안해

"미안해. 하지만…."

뒤에 따라붙는 군더더기가 인간관계를 제자리걸음 하게 합니다.

"정말 미안해."

가족이거나 타인이거나 진심 어린 이 말 한마디면

상처는 아물게 됩니다.

'하지만…'이라는 군더더기 변명 없이 간결하면

본성은 서로 통합니다.

다섯 번의 격려

"너한테서 새벽이 밝아오지 않았으면 이웃에 해가 비추리라고 기대하지 말라"는 속담을 어디서 들은 적이 있습니다. 티베트인지 아메리카 원주민인 인디언들인지 기억나진 않지만 그 말이 참 맞다는 생각을 했습니다.

자신의 마음을 열지 않은 사람이 타인의 마음을 열려고 한들 오히려 상대는 마음을 더 굳게 닫을 뿐 열지 않는 경우를 우리는 자주 경험합니다.

스스로 무명의 어둠 속에 깜깜하게 갇혀 있으면서 타인의 마음에 해가 비추도록 하겠다며 애쓰고 있다면, 그건 참으로 공허한 일일 것입니다. 누군가를 돕기 전에 나 자신부터 먼저 도와야 하는 것은 지극히 당연한 일입니다. 그러나 내가 어려움에 처했을 때, 그리고 내가 병들어 몸이 아프거나 고통받고 있을 때, 내 고통에만 빠져 허우적대기보다 마음을 좀 크게 써서 타인을 격려하고 타인을 위해 기도하는 것은 아픈 나 자신을 치유하는 데도 도움이 됩니다.

고통에 빠졌거나 좌절에 빠졌을 때 이렇게 한번 해보는 것도 좋습니다. 고통 때문에 타인을 멀리하거나 짜증내지만 말고 오히려 비슷한 어려움에 놓여 있는 이를 찾아 칭찬과 격려로 그를 위로해보는 것입니다. 거기엔 5배수의 원리가 작용한다고 합니다. 지금 당신이 풀리지 않는 어떤 문제로 고통스럽다면 얼른 힘들어하고 있는 사람 다섯을 찾아 그들에게 전화나 문자, 또는 만나서 칭찬과 격려로 용기를 불어넣는 일을 한번 해보세요. 그렇게 다섯 번의 격려를 하는 동안 놀랍게 나 자신도 격려와 위로를 받은 듯 고통으로부터 풀려날 수 있을 것입니다.

성장을 위한 명상

우리가 처음부터 완성된 작품으로 태어났다면 인생을 살 이유가 없을 것입니다. 날마다 조금씩 말과 행동과 생각이 나아지도록 노력하고, 타고난 성품과 일하는 태도를 다듬어나가면 내 안에 숨어 있던 장점들이 드러납니다.

사람들은 자신에게 있는 어떤 부분을 단점이라고 여기며 나쁜 것이라 생각합니다. 그것 때문에 자신의 인생에 큰 문제가 생긴다고 생각합니다. 하지만 나무를 다듬어 가구를 만들 듯 주의를 기울여 단점을 다듬고 그것을 장점으로 바꾸어나가면 우리는 보다 더 나은 사람으로 성장할 수 있습니다.

자신의 어떤 면이 마음에 들지 않나요? 소심한 성격일 수도 있고 욱하는 성격이 문제일 수도 있습니다. 못생긴 얼굴이 마음에 들지 않을 수도 있고, 작은 키가 마음에 들지 않을 수도 있겠지요. 하지만 자신이 부족하다고 생각하는 그 부분 때문에 오히려 더 성장한 일도 있을 것입니다.

성장을 위해서는 자비관 명상을 해보는 것이 좋습니다. 먼저 조용한 방이나 어디든지 혼자서 고요히 머물 수 있는 장소를 찾아 편안한 자세로 앉아보십시오. 양손은 손바닥이 천장으로 향하도록 펴서 무릎 위에 올려놓고 눈을 감습니다. 그리고 "자비"라는 말을 몇 번 되풀이하여 발음하고 마음속으로 그 뜻을 떠올립니다.

그런 다음 행복감으로 빛나는 자신의 환한 얼굴을 떠올립니다. 행복에 젖은 사람은 화를 내거나 부정적인 생각과 느낌을 품을 수가 없습니다. 행복한 기분에 잠긴 자신의 모습을 눈앞에 영상으로 떠올렸다면, 이제 그 영상을 향해 평화로운 축복을 보낼 차례입니다.

"모든 적대감이 나로부터 사라지기를…

모든 고통과 번민에서 벗어나 내가 자유롭기를…

불행한 생각으로부터 벗어나 내가 행복하게 살기를…."

이렇게 자기로부터 시작한 명상은 자연스럽게 정을 느끼는 가까운 사람들을 마음속 영상으로 떠올리며 떠오른 한 사람, 한 사람에게 자비와 축복을 간절하게 보내는 것으로 이어집니다. 존경하는 스승과 부모, 형제, 친구, 남편, 아내, 그리고 마지막에는 미운 사람까지 포함해서 자비심을 키워가야 합니다. 이때 행복한 기분에 잠긴 자신의 모습이나 가까운 이들에 대한 영상이 잘 떠오르지 않을 수 있습니다. 그러나 실망하거나 쉬이 포기하지 말고 천천히 자주 반복하다 보면 오래 가지 않아 영상이 떠오르고 자비심 또한 솟아날 것입니다.
성장을 위한 명상은 마음의 성숙을 선물로 줍니다.

"나는 과거에 머물지 않고,
비록 눈에 띄게 드러나지 않는다 해도
조금씩 성장을 향해 나아가고 있습니다."

성장하는 스스로를 상상하며 세 번만 마음을 다해 속삭여보세요. 인생의 가장 고귀한 가치는 성공에 있는 것이 아니라 성장에 있습니다.

모든 아픔은 치유를 향해 가는 여정

드러나는 것은 모두 치유되기 위해 드러나는 것이라는 말이 있습니다. 병을 앓고 있는 분, 특히 마음의 병을 심하게 앓는 분들에게 꼭 드리고 싶은 말씀이 바로 모든 것은 치유되기 위해 드러난다는 것입니다.

아프지만 지금 우리는 치유를 위해 한 발짝, 한 발짝 나아가고 있습니다. 그 걸음이 숨이 막히더라도, 죽을 것같이 힘들더라도 잊지는 마십시오. 모든 드러난 것은 치유되기 위해 드러나는 것입니다.

서로 모여 깊어지자.

어둠도 밝음도 하나 되어 거대한 숲을 이룬다.

우물의 밑바닥은

가장 높은 자는 아무것도 발견하지 못하리라.

겸손에 의해 그대는

삶의 목적지에 도달할 수 있나니

구름은 대지의 빈 곳 위에 내려오지만

우물의 밑바닥은 기쁨으로 물을 보호한다.

책에서 이 구절을 읽고 마음이 커다랗게 열리는 것을 경험한 적이 있습니다. 낮은 곳에 있으면서 기쁨이 넘치는 사람은 낮은 곳에 있는 것이 아니라 사실은 가장 높은 의식 차원에 있겠지요?

한동안 내리던 비가 그치고 나니 하늘이 오랜만에 맑고 깨끗합니다. 산과 나무들, 도시의 빌딩과 집들까지 오늘은 모두 반짝반짝 윤이 납니다. 비가 하염없이 내리는 동안 습기가 모두 집 안으로 들어와 민박을 하고 있었나 봅니다.

이불장, 옷장, 신발장, 책장, 창고 등 서랍이란 서랍과 장이란 장은 다 열어 볕을 쏘이니 습기는 무대 뒤로 퇴장하고, 보송보송 산뜻하고 쾌적한 하루입니다. 여름엔 땀이 흐르는 대로 흘리는 것도 건강 비결입니다. 무더운 여름엔 누가 가까이 있기만 해도 더 덥게 느껴지지만, 그래서 타인을 배려하는 마음을 훈련하기 좋은 계절입니다. 내가 덥듯이 남도 더울 것을 생각하며 내가 한 번 더 움직여 땀을 흘려보세요.

환경미화원 아저씨들의 수고로움을 생각하며 쓰레기 하나라도 내 손으로 잘 분류하고 정리하여 대문 밖에 내놓아보세요. 가볍게 쓰레기를 들고 갈 아저씨들 모습을 떠올리면 미소가 나올 것입니다.

장마 동안 곰팡이가 슬어 있을지 모를 욕실의 변기를 다른 가족을 위해 말끔하게 닦아 청소해보세요. 기분 좋게 욕실에 들어가는 가족들 모습을 떠올리면 나부터 행복해질 것입니다.

행복은 가까운 어딘가에 숨어 있다가 타인을 배려하는 마음이 일어나는 순간 바로 모습을 드러냅니다. 기도나 수행도 별난 것이 아닙니다. 그저 당신이 현재 있는 그 자리에서 곧바로 선한 마음을 일으키고, 바라는 마음 없이 뭔가를 행하면 그것이 바로 기도며 수행입니다.

사랑

걷기 수행을 하고 있는데 갑자기 비가 내리자 어디서 지켜봤는지 얼른 달려온 사람들이 "스님, 이 담요 머리에 쓰세요" 하면 가슴이 뭉클해집니다. 자신은 비를 맞으면서 저에게 담요를 건네주려는 그 마음자리가 바로 사랑입니다. 만약에 신이 있다면 그 순간 거기 있는 것이겠지요.

불성은 멀고, 크고, 위대한 것에만 있지 않습니다. 아주 작은 배려에도 우리의 불성은 한 송이 키 작은 패랭이꽃처럼 환하게 빛납니다.

위대한 힘

위대하고 영웅적인 행동만이 세상을 구하는 것이 아닙니다.
하루 종일 지쳐서 집에 돌아온 사람에게
"어서 와, 수고했어, 힘들었지?"
하면서 작은 미소로 격려하는 조그만 일이
가까운 이를 살려놓는 위대한 힘입니다.

개나리 가지의 경책

며칠 전 절에서 공양을 마치고 방송국으로 가려는데 차를 가지고 나오겠다며 주차장으로 간, 제 제자스님이 한참이 지나도 소식이 없는 겁니다. 전화를 해봤더니 다른 스님 가방에 차 키를 두고 왔다고 하더군요. 그래서 부랴부랴 자동차 키를 넣어둔 다른 스님을 찾아 함께 지하 주차장으로 내려갔지요.

방송국으로 저를 태워 가면서 제자스님 하는 말, "아휴, 저는 왜 이럴까요? 주차장에 내려와서 차 문을 열려는 순간, 차 키가 없다는 사실을 알고 아이고 꾸중 들을 건데 큰일 났구나 하고 생각했습니다."

주눅 들어 있는 제자를 향해 제가 "작은 실수도 인정하고 책임지는 자세가 있으면 되는 것을 왜 스스로를 비난하느냐"고 했더니 실수나 잘못을 하면 자기도 모르게 자꾸 자신을 비난하게 되고 자책하게 된다고 하더군요.

자신을 비난하고 자책한다는 것은 실수를 인정하지 않고 무의식적으로 다른 무언가에 떠넘길 때 그렇게 되기 쉽습니다. 자신에게나 타인에게 말입니다. 자신에게 떠넘기는 사람은 자신감이 없고 소심해져서 타인을 수동적으로 공격하게 되고, 타인에게 떠넘기는 사람은 공격적인 성향을 바깥으로 드러내지요.
이렇게 책임을 미루는 경우, 자신과 타인의 관계가 개선되기 어렵습니다. 실수나 잘못을 했을 때 두려워하거나 걱정하지 말고 당당하게 책임지려는 태도를 가지면 거기서 깨닫는 바가 있습니다. 변명하거나 해명하려 하거나 숨기려 하거나 자책하거나 비난하는 것은 습관적으로 짓는 업의 패턴이지요.

제가 20대 초반이었을 때 일로 기억합니다. 오래되어 자세한 내용은 떠오르지 않지만, 뭔가 제가 해야 할 일을 빠트리고 실수를 했던 적이 있습니다. 그때만 해도 오로지 말뚝 신심 하나로 모든 것을 명명백백히 밝히며 살려고 애썼던 저는 그 순간 담장에 흐드러지게 늘어진 개나리 가지 몇 개를 꺾어서 은사스님께 제 실수를 실토하고 회초리로 때려달라고 했습니다.

아무 영문도 모르고 계시던 스님께서는 놀라 말씀하셨습니다.
"왜 회초리를 준비해 왔느냐. 너밖에 모르는 일을…."
"제 실수를 이미 알았고, 앞으로 두 번 반복하지 않기 위해 스님이 경책해주시면 가슴에 새기겠습니다."
스님께서는 "네 행동으로 이미 스스로를 경책했으니 되었다" 하시며 개나리 가지를 받아 한쪽으로 치워놓으시곤 제 머리를 쓰다듬어주셨지요. 회초리보다 더 진한 감동으로 다가온 스님의 손길은 살아오면서 제가 저를 바로 세우는 버팀목이 되어줄 때가 많았습니다.
저 또한 실수나 잘못 앞에서 항상 당당한 것은 아닙니다. 하지만 그때마다 은사스님이 한쪽으로 치워놓던 그 개나리 가지를 떠올리며 제 행동에 대한 책임을 누구에게도 떠넘기지 않으려 깨어 있습니다. 남의 눈을 속이기는 쉬워도 마음의 눈을 속일 수는 없고 우주 법계의 눈을 속일 수는 없는 것이니 스스로 책임지려는 태도를 가지면 두려움이 사라지는 법입니다.

배울 점이 없는 질병은 없다

"배울 점이 없는 질병은 없다"라는 스페인 속담과 만났습니다.

참으로 많은 의미를 담고 있는 말입니다. 몸에 병이 들었을 때 우리는 많은 것을 깨닫지요. 또 실패하거나 좌절했을 때 많은 것을 배우고요.

아프다고 절망하지도, 실패했다고 주저앉지도 마십시오. 우리는 단지 그 경험을 통해 무엇인가를 배워야 할 뿐입니다. 그 배움을 통해 우리는 보다 더 깊고 넓은 세계로 나아갈 수 있습니다.

놋그릇 종소리

처음 출가한 행자가 가장 먼저 배워야 할 것은 염불입니다. 염불은 예불의식에 빼놓을 수 없는 것이니 법당에서 부처님께 올리는 예불 의식이 스님 되기 위한 첫 번째 교육인 것이지요. 그러나 바쁜 행자 시절에 염불을 따로 공부하거나 외울 틈은 별로 없습니다. 절집 일은 끝도 없이 종일 움직여야 하니 가마솥에 장작을 지피면서 부지깽이를 들고 박자를 맞추며 염불의 곡조를 공부합니다. 음식을 하는 공양소에서 일을 하면서도 입으로는 틈틈이 염불을 외우고, 그렇게 암송한 것을 다음 날 큰스님 앞에서 시험을 보고 통과를 해야 다음 진도가 나가는 것이지요.

아득할 만큼 오래된 일이지만, 새벽과 저녁 예불 때 쇳송이라 해서 종을 치며 하는 염불을 연습하던 장면은 지금도 선명히 기억에 남습니다. 쇳송을 제대로 하기 위해 종 대신 놋그릇을 들고 젓가락 한쪽으로 오르고 내리며 종 치는 연습을 하던 장면은 지금 생각해도 미소와 향수를 동시에 일으키네요. 젓가락으로 그릇을 두드리다 보면 놋그릇에선 맑고 영롱한 소리가 울려 퍼지는데 염불을 배우는 내내 저는 그 놋그릇 두들기는 것이 악기 다루는 것처럼 신나고 즐거웠습니다. 당당당당 당당당… 점점 작게, 점점 크게, 음악 용어를 빌려 데크레센도, 크레센도로 놋그릇 치는 소리가 방 안 가득 울려 퍼지면 마음은 경건해지고 염불하는 소리는 낭랑해집니다.

聞鐘聲煩惱斷　문종성번뇌단

智慧長菩提生　지혜장보리생

離地獄出三界　이지옥출삼계

願成佛度衆生　원성불도중생

破地獄眞言　　파지옥진언

옴 가라지야 사바하

이 종소리 듣고 모든 번뇌 끊어지고

지혜를 길러 보리심이 자라나고

지옥에서 벗어나 삼계를 뛰어넘어지이다.

원컨대 깨달음 이루어 일체중생 제도하여지이다.

지옥이 부숴지는 진언

옴 가라지야 사바하

그런 연습이 끝난 뒤 법당에 모인 어른 스님과 대중 스님들 앞에서 너무나 긴장해 달달달, 떨리는 목소리로 염불을 하노라면 정말 이마에 진땀이 맺히지요. 그렇게 심장 뛰는 소리가 자기 귀에 들릴 정도로 쿵쾅거리는 과정을 한참 지나고 나서야 마음이 좀 진정되고 대중 앞에서의 떨림 증상도 사라지기 시작합니다.

텔레비전 오디션 프로그램에 나와 노래하는 참가자들이 심사위원 앞에서 떨리는 음성으로 노래하는 모습을 보노라면 행자 시절 염불할 때의 그 떨리고 두근거리던 장면이 떠오릅니다. 새로운 것을 배우고 받아들이기까지 몸과 마음은 그렇게 몸살을 치르며 적응합니다. 배우는 과정의 통과의례라고 할 수 있는 떨림과 불안함, 그리고 움츠림과 서툰 것들을 극복해낼 때 인생은 우리 앞에 새로운 문을 열어줍니다.

당신이 빛입니다

말이란 참 허망하고 온전하지 못합니다. 이렇게 표현하면 어느 사이 달아나고, 저렇게 표현해도 어느 사이 달아나니 말은 한 번도 '진실'을 정확하게 표현해낸 적이 없습니다. 언제나 주변을 맴돌 뿐이지요. 정곡을 찌르는 것은 말이 아니라 실제 경험입니다. 모든 말을 다 떠나면, 말을 다 버리면, 말을 쓰지 않으면, 어떻게 될까요?

"빛이 그대 속에 있다고 말하지 말라. 그대 자신이 빛이다."

책 속에서 읽은 구절이 마음에 빛처럼 와닿습니다. 이렇게 단박에 알 수 있는 것을, 빛이 우리의 내면 어딘가에 있는 줄 알고 찾고 또 찾고 속고 또 속고 하지요.

말에 속지 말고 말만 믿고 찾지 마십시오.

"빛이 그대 속에 있다고 말하지 말라. 그대 자신이 빛이다."

당신이라는 빛에 경배 올립니다.

관점의 유연함

세상에는 작거나 큰 깨달음을 주는 이야기들이 있습니다. 하루는 마술사가 쓰는 것 같은 큰 모자를 쓴 한 남자가 병원에 찾아갔습니다. 모자를 벗고 앉은 남자는 "선생님, 내 머리에 붙은 이 혹 같은 것 좀 봐주세요"라고 말했지요.

잠시 머리를 살피던 의사는 "언제부터 이렇게 되었나요?"라고 물었습니다. 그 남자의 머리 위에는 개구리 한 마리가 붙어 있었는데 서로 분리될 수 없을 만큼 완전히 한 덩어리가 되어 있었습니다. 그러자 놀랍게도 의사의 질문에 대답한 것은 머리 위에 찰싹 달라붙은 개구리였습니다.

"나도 잘 모르겠어요. 처음엔 발밑에 작은 종기가 났었는데 어느 사이 종기가 이토록 커져버렸어요."

남자의 시각에서 보면 개구리가 종기이고 문제 덩어리인데 개구리 입장에서 보면 그 남자가 개구리 삶을 망친 종기 덩어리이고 혹인 것입니다. 어느 관점에서 볼 것인가에 따라 문제가 완전히 달라집니다.

지금 내가 옳다고 여기는 관점이나 내가 지금 골칫덩이라고 여기는 관점이 위치가 바뀐다면 어떻게 될까요? 사실 그렇게 내가 바라보는 시각의 위치를 한 번만이라도 상대의 위치로 전환시켜본다면, 그런 연습만 해봐도 세상은 훨씬 조용해지지 않을까요? 마음이 바뀌면 삶이 바뀝니다. 이것이 우리 인류의 가장 위대한 발견이지요.

보고 싶은 것만 보는 인식의 세계

타인을 비판하지만 오히려 내가 가진 생각이 잘못되었을 수도 있지 않을까요? 우리가 절대적으로 옳다고 확신하는 것이 사실은 틀린 것은 아닐까요? 토머스 키다는 이렇게 말합니다.

"사람들은 자신이 세계(타인과 자신)를 있는 그대로 인식한다고 무조건 믿고 있습니다. 실제로 '내가 본 것을 난 잘 알고 있어' 하고 말하는 사람들이 수도 없지요. 하지만 우리의 오감은 잘 속아 넘어갈 뿐만 아니라 세계를 선택적으로 인식할 때가 많습니다. 우리가 보고 싶어 하는 것과 보리라 기대하는 것이 우리의 인식에 중요한 영향을 미친다는 말입니다."

나 자신에 대해, 아내에 대해, 남편에 대해, 어머니와 아버지에 대해, 아들에 대해, 딸에 대해 그 밖의 무수한 인간관계에 대해, 다양한 사람들이나 사물에 대해, 우리 한 사람 한 사람이 피상적으로 인식하고 있는 것을 진정으로 아는 것이라고 확신할 수 있을까요? 호흡으로 돌아와 고요히 관찰해보면 오직 지금 이 순간 경험하고 있는 것만이 확실히 알 수 있는 것의 전부입니다.
당신이 도저히 이해할 수 없는 어떤 사람에 대한 당신의 생각이 절대적으로 옳다는 확신이 드는 그 순간, 한 번쯤 뒤로 물러서서 온전히 깨어 있어 보십시오.
있는 그대로의 아름다운 존재가 보이시나요?

새롭게 바라보기

어머니나 아버지, 아들과 딸, 그리고 형제와 자매에 대해 우리는 진정 잘 알고 있을까요?

'어쩌면 그게 전부가 아닐지도 몰라.'

'내가 알고 있는 것이 진실이 아닐지도 몰라.'

이렇게 생각하는 것에서부터 출발하면 우리는 매 순간 새로운 것을 만나게 되고 새로운 존재와 마주치게 될 것입니다.

내가 늘 보던 사람, 당연히 아는 사람, 언제나 그 자리에 있는 사람이 아니라 지금 그 자리에 그 사람이 있다는 것을 경이롭게 바라보고 그에 대해 아무것도 제대로 아는 것이 없다는 마음으로 상대를 바라보세요. 그럴 때 세상 모든 인간관계가 좀 더 신선해지고 마주하는 누군가에게 온전히 집중할 수 있지 않을까요?

깊이 듣기

"온전히 주의를 기울여 듣고 있을 때 어떤 일이 일어날까? 그때는 찬성도 없고 반대도 없다. 그때 보살핌이, 사랑이 일어난다. 그래서 더욱 온전히 듣게 된다."

크리슈나무르티의 말입니다.

누군가와 이야기를 나눌 때 마음을 다하면 그 순간은 정말 귀중한 순간으로 다가옵니다. 깊이 귀 기울이면 찬성과 반대, 좋다 나쁘다 평가하는 마음이 일어나지 않습니다.

인간관계에서 갈등이 일어나면 '깊이 듣기'를 해보세요. '깊이 듣기'는 상대를 '받아들이기'이며 그것은 판단하고 분별하는 일을 멈출 때 가능합니다.

귀 기울여 듣기, 공경하는 마음

젊은 시절 티베트로 여행을 간 적이 있습니다. 한 사찰을 방문했을 때 그곳에 아티샤라는 큰스님의 영정이 모셔져 있었습니다. 그림 속에서 스님은 귀에 손을 대고 유심히 뭔가를 듣고 계셨습니다. 모두의 이야기를 귀담아 듣는 것이 그 스님을 상징하는 모습이라고 합니다. 부탄에 갔을 땐 아란이라는 가이드의 행동이 기억에 남습니다. 오래된 절을 찾아가 질문을 드리니 그가 큰스님께 그 내용을 전달하고 다시 답변을 받아 우리에게 전했습니다. 아란은 목에 흰 천을 두른 차림이었는데, 큰스님이 말씀하는 동안 그 천을 풀어서 공손히 손으로 받쳐 든 채 마치 거기다 말씀을 담는 것처럼 서 있다가 다시 천을 정성스럽게 우리 쪽으로 받쳐 들고 그 말씀을 전했습니다. 그 모습이 얼마나 아름답던지요. 그런 문화가 아직 세상에 존재한다는 사실만으로도 감사한 마음이 들었습니다.

지금은 귀 기울여 듣는 기능을 상실한 시대입니다. 갈등이 생기면 누구도 상대의 말을 온전히 듣지 못합니다. 그래서 분노하게 되고 다투게 되지요. 누구의 말이라도 위아래 없이 막무가내로 화내고 욕할 뿐입니다. 상대의 입장을 생각하지 않고, 제대로 들으려 하지도 보려 하지도 않아서 생긴 현상입니다.

인간의 몸에서 가장 먼저 생겨나고 또 마지막까지 살아 있는 것이 청각 기능이라고 합니다. 아직 배 속에 있는 아이에게 태담을 들려주는 것도, 그리고 생을 마감하느라 의식조차 없는 듯 보이는 분께 마지막 인사를 전하는 것도 그 때문이지요. 듣는다는 그 행위는 잉태되는 순간부터 죽는 순간까지 소중하고 의미 있는 일입니다. 그런데도 우리는 제대로 듣는 법을 잊고 살아갑니다. 제대로 듣기 위해서는 그 사람의 입장이 되어야 합니다. 타인은 물론 부부 사이나 부모와 자녀 간에도 상대의 눈높이로 바라보고 들을 줄 알아야 합니다.

생텍쥐페리가 쓴 《인간의 대지》라는 책에는 "사랑한다는 것은 서로 마주 보는 것이 아니라, 같은 방향을 함께 바라보는 것"이라는 문장이 있습니다. 서로 마주 보면 반대편을 바라보게 되지요. 그러니 마주 보지 말고 같은 방향을 보며 소통하려 노력해야 서로를 공경하는 마음이 생깁니다.

행복해지려면 무엇보다 타인의 말을 귀담아 듣는 마음 자세가 중요합니다. 그렇게 주의 깊게 듣는 청각 기능을 회복하기 위해 마음을 다해야 합니다. 발밑에 있는 야생화를 제대로 바라보려면 무릎을 꿇고 눈높이를 맞춰야 합니다. 꽃잎이 떨리는 걸 보면 미묘한 아름다움에 눈물이 납니다. 귀 기울여 듣는 일은 그런 것입니다.

상처받고 싶지 않다면 타인에게도 상처 주지 말아야 하는 것처럼, 내가 행복해지려면 남도 행복하게 해야지요. 남을 불행하게 만들면서 진정으로 행복할 수 있을까요? 내가 원치 않는 행위를 남에게 하지 않는 절제력이 행복의 출발점입니다. 행복은 나 자신의 선택과 의지를 통해 얻을 수 있는 것입니다. 사막에 오아시스를 만드는 것은 결국 우리 자신입니다.

인간관계의 향기

난초 화분에 물을 주다가 머지않은 날에 꽃향기를 맡을 수 있겠구나 하는 기대를 가져봅니다. 언제 피웠는지 알지 못하는 사이 꽃을 피운 난초는 마치 편지처럼 향기를 전해줍니다. 반가운 사람으로부터 온 편지는 뜯기도 전에 마음이 먼저 편지 속으로 달려가게 되지요. 아직 향기는 나지 않지만 물을 주면서 내 마음도 먼저 향기 속으로 달려갑니다.

난을 가꾸는 일은 까다롭습니다. 그러나 그런 까다로움을 마다하지 않고 정성을 쏟는 동안 꽃은 향기로 보답합니다. 인간관계 또한 이와 같아서 가꾸고 정성을 쏟는 동안 향기가 납니다. 고결한 난의 성품처럼 고결하게 사는 이를 친구로 둔 사람은 일생 동안 그 향기와 함께 살 수 있습니다.

물고기는 물속에 있으면서 물을 모릅니다.

앵무새처럼 경전을 암송만 한다면

경전 속에 있으면서 경전을 모릅니다.

진리는 책 속에 있는 것이 아니라 삶 속에 있습니다.

2013
Lee Il Soon

행복과 하나 되기

웃음^^

웃음이라는 단어만 떠올려도 입꼬리가 올라가는 것을 보면 웃음이라는 단어는 그 자체로 축복입니다. 그런데 웃어야 정신 건강에 좋다는 생각을 해야 겨우 웃음이 나온다면 사는 일에 너무 바빠 웃음을 초대해본 지가 아주 오래되었다는 증거입니다.

인도의 어느 구루는 많이 웃으라고 합니다. 인류에게 남은 마지막 혁명은 더 많이 웃는 것이라고까지 그는 말합니다.

심각한 표정을 짓고 있을 때는 마음이 현재를 벗어나 과거나 미래에 가 있다는 것을 알아야 합니다. 걱정이 많거나 마음이 불안한 이유는 과거에 연연하거나 미래에 에너지를 쏟아붓고 있기 때문입니다.

지금 이 순간에 머물러 있는 사람은 늘 웃음 짓게 됩니다. 웃는 순간 어느새 부정적인 생각들은 몸 밖으로 배출되고, 마음은 평화를 회복합니다. 선입견, 고정관념, 고집스런 생각, 편견, 판단, 분별, 타인을 배려할 줄 모르는 무지한 관점, 이런 것들 또한 웃는 동안 묵은 때 떨어져 나가듯 떨어져 나가고 맙니다.

웃어야 합니다. 웃고 미소 짓는 그 행위는 자신에게 닥치는 인생의 모든 것을 축복처럼 즐길 수 있는 힘을 키워줍니다. 운동으로 근육이 단련되듯이 편안하고 고요한 호흡과 웃음은 유약한 마음을 넉넉하게 만듭니다. 에너지가 고갈되어 무기력함을 느끼고 있다면 편안하고 고요한 호흡을 하며 삶에 다시 물을 주세요. 그러는 동안 슬며시 웃음이 찾아오도록 마음을 느슨하고 낙천적으로 풀어놓아 주세요. 많이 웃고 미소 짓는 동안 우리는 행복과 하나가 됩니다. 웃는 사람에겐 누구도 침을 뱉을 수 없습니다.

마음의 시

오늘 내가 하는 한마디 말이
가슴 아픈 사람에겐 위로가 되기를.
오늘 내가 짓는 한 번의 웃음이
좌절하는 사람에겐 밝은 희망이 되기를.
오늘 내가 거는 전화 한 통이
외로운 사람에겐 반가운 소식이 되기를.
오늘 나와 우연히 마주친 그 모든 눈빛 속에
사랑과 자비심이 싹트기를.
집착도 사라지고 번뇌도 사라지고
미움과 분노의 마음 다 사라진 자리에
오늘 내가 만난 그 한 사람이
세상을 밝히는 빛으로 깨어나기를.
오늘 내가 무심코 걷던 오솔길마저
진리를 찾아가는 구도의 길 되기를.

유나방송 벽에 붙어 있는 시인의 글입니다. 매일매일 틈날 때마다 자신을 다잡고 하루하루를 어떻게 살아야 할지 궁리할 때 마음에 새길 만한 글이지요. 이건 마음을 깨우는 글이지 시가 아니라며 시인이 제목을 안 썼기에 제가 그냥 '마음의 시'라는 제목을 붙였지요. 분주한 일상 속에서 마음을 챙기기 위해 이런 글을 외워두는 것도 좋을 것 같습니다. 전화를 걸기 위해 단축키를 누르는 것보다 암기하고 있는 상대의 숫자를 하나하나 누르며, 지금 내가 거는 이 전화 한 통이 상대를 기쁘게 하고 마음의 평화를 주기를 기원할 수 있다면 세상은 분명 따뜻하고 환해질 것입니다.

암자의 문풍지 떨리는 밤

밤 기온이 많이 차갑습니다. 산자락에 있어서 그런지 제가 자는 선다암禪茶庵은 기온이 떨어지면 코끝이 시립니다. 손도 시리고 발끝도 시려서 옷을 껴입고 양말도 두 벌씩 신고 앉아 있습니다. 오늘 밤은 방에서도 삭발한 머리가 섬뜩할 정도로 공기가 차군요.

이렇게 추운 날엔 옛날 생각이 납니다. 솜이불 폭 뒤집어쓰고 두 다리를 접어 가슴에 바짝 붙인 채 엄마 배 속에 있을 때처럼 웅크리고 잠을 자다가 목덜미가 시려 수건으로 목을 감고 잠을 청했습니다.

삭발한 지 얼마 되지 않아 맞이한 첫 겨울은 목덜미가 왜 그리도 춥던지요. 머리카락이 있고 없고의 차이는 그렇게 겨울이 와보면 실감나게 알 수 있습니다. 그러나 삭발에 이력이 난 지금은 겨울이라도 머리가 시원한 것이 좋아 삭발한 날은 기분도 따라 상쾌해집니다. 산문에 들어서면 누구나 겪는 일이지만, 출가한 지 얼마 안 되는 어린 스님은 목덜미가 춥다고 목을 자라처럼 자꾸 움츠립니다. 그 모습을 보니 오래전 제가 삭발했던 때가 떠올라 미소가 나옵니다.

춥게 있지 말라며 목도리와 옷가지를 챙겨주는 저를 향해 눈물을 글썽이는 제자스님은 아마 속가에 계신 어머니 생각이 났겠지요. 무슨 인연으로 저를 찾아와 삭발을 하고 부처님 제자가 되어 추운 겨울을 나며 자꾸 목을 움츠리는지 불가의 인연 또한 알다가도 모를 때가 있습니다.

어제는 겨울을 잘 지내라고 두꺼운 누비옷을 한 벌 맞추어 줬더니 또 눈물을 글썽이며 "제가 스님께 너무 많은 짐을 지어드리는 것 같습니다"라며 고개를 떨굽니다. 제자를 생각하는 스승의 마음은 부모와 같으니 글썽이는 제자를 보며 저 또한 은사스님 생각을 합니다.

연탄불 하나도 아껴야 했던 시절, 솜이불의 따뜻함에 의지하며 제 몸의 온도를 최대한 유지해 새벽까지 견뎠습니다. 새벽 3시가 되면 눈 비비며 일어나 찬물에 세수하고 가사 장삼 입고 법당으로 향하던 초발심을 떠올려봅니다. 입에서 입김이 솔솔 올라가는 냉랭함에 온기라고는 지니고 있는 몸뚱이 온도밖에 없던 차디찬 법당. 그래도 법당에만 올라가면 행복했던 것도 지나고 보면 다 은사스님 덕분이었습니다.

40여 년 전 그해는 추위가 유난했습니다. 새벽에 법당 탁자를 닦으러 올라가 물수건으로 탁자를 닦을 때마다 얼음이 와스락 와스락 소리를 낼 정도로 날씨는 매서웠고, 탁자가 얼어붙으니 촛대랑 향로가 모두 얼음 바닥에서 이리저리 미끄러지는 바람에 닦는 데 애를 먹었습니다.

그렇게 탁자를 닦다가 문득 불단의 부처님을 올려다보니 이 추위에 부처님도 춥지 않으시겠나 하는 생각이 들었습니다. 의자를 놓고 얼른 탁자 위로 올라가 부처님 발을 꼭 잡아드렸습니다. 돌로 만든 불상이 살아 있는 생명체로 느껴진 건 그때가 처음입니다.

날카롭게 다가오는 돌의 냉기와 달리 놀랍게도 부처님은 발을 잡은 제게 미소로 화답하셨습니다. 그때 그 미소는 지금도 잊을 수가 없습니다. 제가 지금껏 저만의 비밀로 소중히 간직해온 그 일을 이제 와서 되돌아보면, 어린 저는 그때 탁자 위의 부처님이 살아 계시는 분이라고 생각했던 것입니다. 그래서 정성을 다해 기도를 올리면 그 소리를 다 들어주신다고 여겼지요.
바람이 선다암 문풍지를 떨리게 하고, 추위가 삭발한 목덜미에 싸늘한 손길을 뻗칠 때, 한 번씩 그때 그 부처님의 미소를 떠올립니다. 어린 사미니가 느끼던 마음속의 추위를 부처님은 그렇게 단 한 번의 미소로 따뜻하게 덥혀주셨던 것입니다. 지금은 알고 있습니다. 탁자 위에도 그리고 제 가슴에도, 정성을 다해 무엇인가를 기원하는 우리 모두의 마음에도 부처님이 살아 계시다는 것을.
산바람이 차갑습니다. 저 차가운 바람 속에 웅크리고 잠들어야 할 짐승들의 안부가 걱정되는 밤입니다.

인연

출가자에게 친인척이란 예부터 금기의 대상이었습니다. 세속의 인연을 매정하게 끊고 산문으로 들어가 버린 승려들은 그래서 가끔 인정머리 없는 인간이란 소리를 듣기도 합니다. 그러나 어쩌다 남달리 부모님을 섬기는 도반들을 만나면 자기 수행에 힘쓰지 않고 왜 저렇게 세속적인 인연에 연연할까 하는 생각이 들기보다는 그들의 효성이 제 가슴에도 잔잔한 여운을 남기곤 합니다.

'효심' 하면 떠오르는 한 스님이 있습니다.
오래전, 도반들과 함께 지리산에 살고 있는 한 스님을 찾아갔습니다. 산골의 초라한 오두막을 손수 고쳐 만든 그 집은 보기에 제법 그럴싸했습니다. 안목 있고 멋을 아는 스님인지라 마당 구석구석을 소박하면서도 멋스럽게 꾸며놓았는데, 스님은 그 집에서 노모를 모시고 있었습니다.
팔순을 넘긴 그 스님의 어머니는 치매로 인해 대화가 통하지 않았고 혼자서는 움직이기 힘든 환자였는데 그런 어머니 곁을 스님은 잠시도 떠날 수가 없는 처지였습니다.
보기에 그럴싸하던 그 집은 사실 하나하나 어머니를 배려해 만들어진 집이었습니다. 기어 다니는 어머니가 오르내릴 수 있도록 방바닥이나 손잡이 하나하나에도 정성이 담겨 있었고, 어머니가 사용하는 화장실은 그냥 보면 찻집인가 할 정도로 예쁘게 만들어져 있었습니다. 그런 아들이 대견스러우신 어머니는 말씀을 전혀 못 하시면서도 아들이 좋아하는 벗들을 향해 자꾸자꾸 미소 짓곤 하셨지요.
그날 저녁 시간이 되자 그 스님은 어머니를 위해 손수 저녁밥을 지었는데 그가 좁고 작은 부엌에서 쌀을 씻어 앉히고 나물을 무쳐 차려낸 밥상은 참으로 가슴 찡한 것이었습니다. 밥을 흘리는 어머니를 위해 턱받이를 해드리고, 한 숟갈 한 숟갈 밥과 찬을 떠먹이면 아기처럼 그것을 받아드시던 어머니. 한 폭의 명화를 보듯 우리는 그런 모자의 모습을 감동적으로 바라볼 뿐이었습니다.
"처음엔 어머니의 똥오줌을 받아내며 그 냄새가 싫어 인상을 찡그렸고, 음식을 흘리기도 하는 어머니가 딱하기만 하더군요. 그리고 가끔은 어머니 시중들기가 너무 힘들 때도 있어 그만 다른 형제들에게 어머니를 떠맡기고 산사로 도망가버릴까 생각할 때도 있었지요. 그러던 어느 날, 어머니가 내게 주신 사랑이 문득 가슴에 사무쳐오더군요. 만약 자식이 몸이 성치 않아 자리에 누워 있다면 어머니는 무조건의 사랑으로 자식을 돌봤을 겁니다. 조건 없는 어머니의 사랑 앞에 수행한답시고 행세하던 나 자신이 갑자기 부끄러워졌어요."

자신을 낳고 길러준 부모님을 진심으로 공경하지 못하면서 도를 추구한들 그 도가 그 어떤 것을 구제할 수 있을까요. 경전은 일찍이 "부모의 은혜는 깊고 한량없으니 불효하는 죄업은 이루 말로 할 수가 없다"라고 가르친 바 있습니다. '나실 제 괴로움 다 잊으시고 기르실 제 밤낮으로 애쓰는 마음…'으로 시작하는 〈어머니 마음〉이라는 노래도 알고 보면 《부모은중경》이라는 경전의 몇 구절을 가사로 한 노래입니다.

부모님 은혜가 새삼 가슴을 적시는 이유는 이제야 인연의 지중함을 깨닫기 때문일까요. 마음도 몸도 다 벗어던지고 오로지 수행하며 살겠다는 결심 하나로 산문에 들었던 스님들이 속가에 두고 온 부모님 늙어가시는 모습에 짠해져 상심하는 것을 보며 저 또한 울컥거리게 되는 것은 승가나 속가나 사람의 마음이란 다를 바 없기 때문입니다.

호박벌의 비상

봄이 되면 꽃과 나무뿐 아니라 곤충들도 바빠집니다. 비록 작은 몸집이지만 마치 기적처럼 행동하는 생명체들이 우리 주변엔 많습니다. 그 가운데 호박벌 또한 참으로 놀라운 능력을 가진 곤충이지요. 몸길이라고 해봐야 겨우 2.5센티미터의 작은 체구인데 꿀을 모으기 위해 하루에 무려 200킬로미터를 날아다닌다는 사실을 알고 나면 감탄사를 토하지 않을 수가 없습니다.

사실 호박벌은 몸통은 크고 뚱뚱한 데다가 날개도 표가 날 만큼 작아서 날기는커녕 공중에 뜨는 것도 기적이라 말하는 학자도 있습니다. 곤충학자들은 그런 호박벌의 비행 비밀을 아직까지 밝혀내지 못했다고 합니다. 도저히 날 수 없는 몸통의 구조를 가지고 그 먼 길을 무한하게 날아다니는 호박벌은 매일매일 기적을 행하고 다니는 것이나 마찬가지이지요. 이런 호박벌의 비행은 제게 참으로 많은 것을 생각하게 하더군요.

저런 몸통으로는 도저히 날아갈 수가 없어, 하며 우리는 날아보기도 전에 먼저 생각으로 많은 것을 제약하고 단정 지으며 살아가고 있진 않은가요?
어떻게 보면 인간이란 안 되는 것, 못 하는 것, 가능하지 않은 것들 속에 둘러싸인 채 참 멋없이 살아가는 동물인지도 모릅니다. 그런 한계와 한정 속에서 진정한 아름다움이란 다름 아닌 불가능하다는 그 제약을 깨트리고 가능성을 향해 날개를 펼치며 날아오르려 시도하는 그런 도전의 순간일 것입니다.

태어날 때부터 호박벌은 날지 못할 것이라는 생각을 아예 하지 않았을 것입니다. 해보지도 않고 미리 좌절하거나 낙담부터 하며 스스로 자책한 것이 아니라 무조건 비행을 시도한 것이지요. 다른 벌보다 날개가 작으니 그 작은 날개를 더 많이 더 자주 움직이는 동안 없던 근육이 만들어지고, 마침내 상상할 수 없는 빠른 날갯짓으로 먼 길을 오갈 수 있게 된 것입니다. 황금색 통통한 호박벌을 보면 림스키 코

르사코프의 〈왕벌의 비행〉이라는 음악이 생각납니다. 마치 호박벌의 재빠른 날갯짓처럼 빠르게 동작하는 악기의 움직임. 스스로의 한계를 정해놓지 않은 그런 부지런함은 우리의 인생 또한 매번 서울에서 브라질까지 갈 만큼 먼 거리를 오가게 할 정도로 역동적으로 만들어 줄 것입니다.

철부지 아이 달래듯

부정적인 생각은 다른 이와 있을 때는 잘 드러나지 않다가 혼자 있을 때는 독백하듯 끊임없이 꼬리를 물고 일어납니다. 생각도 하나하나 품격이 있습니다. 고상하고 긍정적인 생각일수록 그런 일이 현실로 나타날 확률이 높지요.

반면에 부정적으로 근심하면 할수록 내가 원치 않는 현실이 나타납니다. 초대하지 않아도 마구 일어나는 부정적인 생각들을 너그럽고 친절하게 대해보세요. 철부지 아이 달래듯 어르면서 그 생각들에게 긍정적으로 살아가는 더 나은 방법을 일러주세요.

지옥에서도 편할 수 있다

티베트 속담에 "어떻게 처신해야 하는지 아는 사람은 지옥에서도 편히 지낼 수 있다"는 말이 있습니다. 마음먹기에 따라 지옥에서도 편할 수 있다면 정말 마음의 힘은 대단합니다.

그러나 우리가 생전에 행한 행위는 다음 생까지 연결되니, 죽은 뒤에 망자를 위해 명복을 빌거나 아무리 애를 쓴다 해도 평소 맑고 바르게 살지 않았던 영혼이 생전에 지은 업과 관계없이 다음 생에 복을 받기란 어렵지 않겠습니까?

그러니 죽은 뒤 이승에 있는 능력 있는 누군가에게 자신의 갈 길을 밝혀달라는 숙제 아닌 숙제를 남기지 않으려면 살아 숨 쉬는 순간순간 바람직한 생활을 해야 합니다.

몸으로, 입으로, 마음으로 온전하고 정직한 행위를 선택하여 행한다면 지옥에 갈 리도 없지만 설령 염라대왕의 실수로 지옥에 가 있다 해도 편히 지낼 수 있을 것입니다.

지옥이니 극락이니 하는 세계가 있느냐 없느냐 하는 문제도 사실은 다 스스로의 마음에 달린 것이지만 살아 있는 우리가 해야 할 가장 중요한 것이 바로 자신의 마음을 챙기는 습관입니다.
마음을 챙겨 일어나는 모든 것에 대한 알아차림이 또렷해질 수 있도록 자신의 마음을 훈련하고 또 훈련하면 죽음의 순간에 이르러서도 의식을 또렷하게 챙길 수 있지 않을까요? 망상으로 덧없이 흘려보내는 시간을 붙잡아 알아차림으로써 지금의 어려움 또한 머지않아 지나가고 말 것이라는 사실을 확인해보세요.

당신과 나의 거리

현재의 모든 관계는 피하려 해도 피할 수 없이 꼭 만날 수밖에 없는 인연의 결과입니다. 세상엔 만나지 않았으면 좋았을 인연은 없습니다. 태어나지 말았어야 하는 존재 또한 없습니다.

자주 갈등을 일으키는 인연이라면 거리를 두고 생각해보세요. 사람과 사람 사이에도 간격이 필요하니 한동안 만나지 않는 것도 좋은 방법입니다. 좁은 화분에 촘촘하게 심어놓은 꽃들이 잘 자랄 수 없듯이 세상의 모든 관계는 적당한 간격이 필요합니다.

관계

"아끼고 잘해주었던 사람이
문자 한 통 달랑 남기고 떠나버렸어요.
실망스럽고 섭섭한 마음이 들어요."

그를 아끼고 돕는 동안 내가 즐거웠을 것입니다. 그러나 그 뒤의 기대는 상대를 구속할 수 있지요. 그 사람으로부터 더 배울 것이 있고 더 경험할 것이 남아 있으면 또 만나게 될 것입니다.
섭섭함을 무겁게 짊어진 채 살지 말고 바닥으로 턱 내려놓으면 편합니다. 새들이 앉아 있다 떠나가도 아무런 동요 없이 그저 묵묵히 서 있기만 하는 나무처럼 흔들림 없는 마음이 바로 편안한 마음입니다.

임시 정거장

사람을 대할 때 인식하는 방식은 세 가지입니다. 좋아하는 대상은 집착과 욕망으로, 싫어하는 대상은 혐오와 증오심으로, 그리고 무관심한 대상은 무시하는 마음으로 대하는 것이 그 세 가지입니다.

불가에서는 이런 감정을 모두 '독'으로 봅니다. 이 세 가지 독이 모든 고통의 원인이 되기 때문에 다른 이의 고통까지 모두 자신이 받기를 원하는 수행을 티베트 불교에서는 행하고 있습니다.

집착이나 욕망은 대상을 좋아하는 마음에서 생기고, 혐오와 증오심은 대상을 싫어하는 마음에서 생기고, 무시하는 것은 대상에 대해 아예 관심을 두지 않는 무관심에서 생긴다고 했는데 우리는 이런 감정을 제대로 인식조차 하지 못할 때가 많습니다.

오늘 좋다고 집착하며 욕망하던 대상이라도 내일이면 싫다고 혐오하고 증오하는 마음으로 바뀔 때가 많은 것이 인간의 감정입니다. 그러니 이런 감정은 변하지 않는 진실과는 거리가 멉니다. 변하는 속성은 다 무상한 것이니 무상한 속성을 바르게 아는 힘이 지혜의 눈이지요. 무상함의 본질을 깨닫고 나면 세상 인연은 모두 임시로 만든 정거장에서 잠시 스치며 지나가는 인연이라는 것을 알게 됩니다. 그렇게 스치고 지나가는 인연에 너무 애착을 가지는 것도 어리석은 일입니다. 또한 그렇게 스치고 지나가는 인연이기에 그 짧은 순간이 얼마나 소중한 것인지도 알아야 합니다. 소중하지만 애착하지는 말아야 할 임시 정거장에서의 만남, 그것이 우리가 삶이라는 여행에서 마주치게 되는 인연이라는 이름의 무상한 실체입니다.

내 안의 꽃들에게

감사 인사 올립니다

꽃이 우리에게 아침 인사를 합니다.

잘하려고 애쓰지도 말고 못한다고 다그치지도 말며

스스로의 모습 그대로를 받아주라 합니다.

참고 기다리며 순응한 시간들이 피운

내 안의 꽃들에게 감사 인사 올립니다.

돌덩이를 짊어진 사람처럼

저를 찾아오시는 분들은 “아, 나 즐겁고 행복해요”, “살기가 너무 좋아요” 하는 분들보다는 “참 힘들어요”, “살기가 너무 괴로워요” 하는 분들이 많습니다. 삶의 무게에 짓눌린 분들이지요. 그분들께 얼마 전 이런 이야기를 들려드렸어요.

아프리카 한 부족은 마을에 있는 강을 건널 때 등에다가 돌멩이를 짊어진다고 합니다. 강의 중간쯤 갔을 때 수심이 깊어지고 물살이 강해져 한번 균형을 잃으면 그냥 물에 빨려 들어가 생명을 잃을 수 있으니까요. 돌의 무게로 중심을 잡으려 함이지요.

돌멩이를 짊어지고 강을 건너는 건 그 부족의 오랜 전통이었습니다. 그런데 작은 돌멩이를 짊어지면 처음에는 도움이 될지 모르지만 수심이 깊어지고 소용돌이치는 물살 속으로 들어가면 큰 보탬이 되지 않습니다. 그래서 되도록 무거운 돌덩어리를 짊어졌습니다. 강을 건너 볼일을 마치고 다시 돌아갈 때도 마찬가지였지요. 강을 나올 때 내려놓았던 그 돌덩어리를 다시 짊어지고 돌아가야만 했습니다. 그래야 물살에 휩쓸리지 않을 수 있으니까요.

우리 살아가는 이야기가 참 다를 바가 없지요? 우리는 살면서 조금만 힘들고 피곤해도 짜증을 내고 고통스럽다고 표현합니다. "힘들어", "죽겠어", "고통스러워"라고 말하다 못해 노래를 부릅니다. 습관화가 되는 거지요. 그런데 한번 가만히 보세요. 힘들다고 노래를 하는 사람은 조금만 힘들어도 반복적으로 힘들다고 말만 합니다. 힘들어도 그 상황이 내게 어떤 도움을 줄 수 있는가를 생각하는 사람은 그 고비를 빨리 건너갑니다. 아프리카 원주민처럼요.

거대한 돌덩이를 짊어지고 급물살을 헤쳐서 오고가는 것이 인생입니다. 고난이란 것이, 삶이라는 것이, 세상이라는 것이 급물살처럼 밀려오지요. 자신의 속도대로 살아가기 힘들 만큼 세상은 더 빠른 속도로 달려갑니다. 그럴 때 '내게 닥쳐온 이 모든 일들이 급물살 속에서 균형을 잡아주는 돌덩어리다'라고 생각해보세요. '아무리 힘든 일, 어려운 일이 와도 돌덩어리를 짊어지고 사바세계의 급물살을 스스로 균형 잡고 굳건히 걸어보리라' 다짐해보세요.

모든 만남에는 끝이 있나니

사람들은 끝이 오면 불편해한다.

모든 것의 끝은 조금이나마 죽음을 나타내기 때문이다.

그래서 헤어질 때 "잘 가"라는 인사보다 "또 만나자"라고 말한다.

_에크하르트 톨레

모임이 끝날 때, 아이가 자라서 집을 떠날 때, 휴가가 끝나갈 때 많은 사람들은 소멸감이나 상실감으로 약간의 불안을 느끼기도 합니다. 뭔가가 해체되는 느낌은 공허감을 가져오고, 사람들은 어떻게 해서든지 공허감을 맛보지 않으려 술을 마시거나 게임에 빠지거나 영화를 보거나 쇼핑을 하거나 여행을 가거나 정신없이 먹는 데 열중하기도 합니다. 직면하고 싶지 않은 공허감.

하지만 말입니다. 삶에서 끝을 받아들여 보세요. 아니 받아들이는 것에서 한 걸음 더 나아가 끝을 맞이하고 환영하는 법을 배워보세요. 처음에만 잠깐 불편하게 느껴지지 공허함이 어느 순간 깊은 평화와 내면의 여유로 바뀝니다.
모든 만남과 인연이 끝없이 계속되기만 한다면 그것이 더 많은 문제를 만들어낼 것입니다. 끝은 여러 모습으로 찾아옵니다. 결코 내가 원하는 방식으로만 끝나지 않지요. 그러나 그것을 두려워하지 마세요. 그저 있는 그대로, 오는 그대로 담담히 경험하고 받아들이세요.
사람들은 자기의 정체성과 자아를 무척 소중하게 여기고 집착하는 나머지 그것을 잃지 않으려고 안간힘을 씁니다. 그래서 만남은 좋아하면서 헤어짐은 싫어합니다.
애인과의 만남과 헤어짐을 불편해하지 마세요. 부모와 자식 그 밖의 가까운 이와의 사별을 불편해하지 마세요. 부부와 부모 자식과의 이별을 불편해하지 마세요. 오랜 친구와의 헤어짐을 낯설어하거나 불편해하지 마세요.
이 모든 것은 거스를 수 없는 작은 죽음입니다. 매일 죽는 법을 받아들이고 배우면 삶은 더 많이 열리고 더 많이 보입니다. '나', '자아'라는 것이 의식의 장에서 생겨난 일시적 현상에 불과하다고 여겨보세요. '나'라고 이름 붙여 부르던 형상이 어느 날 해체되어 사라지는 것은 두려움이 아니라 불성으로 녹아드는 무경계, 무집착 그리고 무아를 향하는 것입니다.

세상의 다리

비행기 위에서 땅을 내려다보면 마치 거대한 모자이크를 만들어놓은 것 같습니다. 모자이크 사이사이로 길이 나 있고 길이 끊어진 곳에는 다리가 놓여져 그 길을 이어주고 있습니다.

다리의 존재를 땅에 있을 때는 잘 못 느끼다가도 공중에서 보면 그 존재의 가치가 선명하게 보입니다. 가치는 때로 비행기에서 내려다보듯 그렇게 눈으로 선명하게 보이기도 하는 것입니다.

이 길에서 저 길로 건너는 이음새 역할을 하는 다리가 중요한 것처럼 불교의 경전에도《대집경》과《화엄경》에 보면 다리를 놓아서 이웃을 이롭게 하라는 가르침이 있습니다.

고통스러운 세상에서 행복과 평안함이 깃든 세상으로 건너가는 데도 다리가 필요할 것입니다. 사람들은 저마다 그런 다리를 하나씩 가지고 있어서 어떤 이는 음악을 들으며 평화를 찾고, 어떤 이는 좋은 책을 읽으며 마음의 안정을 구합니다. 거기서 조금 더 나아간 사람들은 명상을 통해서 스스로를 고요하게 하며 마음의 힘을 강하게 합니다.

세월이 가는구나

물소리와 산빛 모두 고향이니
전단향 나무 조각조각 온통 향기롭네.
더러운 마음의 집착을 버리니
세상은 그냥 흐르는 물 같네.
다만 한 생각 번뇌 없으면
번거로이 세상사
붉다 누르다 논할 게 없네.
납승은 항상 바른 법을 만나기 어려워서
가을밤이 이슥하도록 좌선만 하고 있네.

멀리 떠난 나그네 고향 길을 잊었구나.
고향에는 감자가 달고 나물도 향기롭다만
달이 뜨니 일천 봉우리 적적하고
바람 부니 온갖 나무 서늘하네.
영마루에 흰 구름이 한가롭고

뜰에는 어느덧 물이 들어 낙엽이 지네.

온갖 것의 참모습을 보니

콧구멍은 하늘을 향해 뚫렸네.

한암 스님께서 경봉 스님께 보내셨다는 편지글을 다시 읽어봅니다. 밤이 이슥하도록 좌선만 한다는 글을 이어가며 스님은 달이 뜨니 일천 봉우리가 적적하고, 바람 부니 온갖 나무가 서늘하다는 말씀을 남깁니다. 붉다 누르다 분별하는 세상사, 다 접어두고 오늘 밤은 조용히 앉은 자리에서 명상에 들어봅니다.

세월이 가는 소리를 귀담아 들으며, 지금껏 내가 알고 있던 지식, 내가 배운 그 지식이라는 것들이 행여 세상을 공격하는 비수가 된 적은 없는지 돌아봅니다. 있다면 그것은 내가 세상의 이치를 잘못 이해하고 있는 것이니 스스로 다시 점검하고 지혜가 생길 때까지 갈고닦아야 합니다.

죽음이 즐거운 이유

화장장에 가면 “화장 중”이라는 빨간 불이 켜지고 두 시간 정도 있으면 재 한 줌이 나옵니다. 한 사람의 인생이 그렇게 한 줌의 재로 바뀌는 과정을 보며 사람들은 인생의 허무를 뼈저리게 느낍니다.

출가한 이후 저는 참으로 많은 분들의 죽음을 지켜봤습니다. 그러나 30대 중반이 다 지나가도록 저는 다른 이의 죽음에다 내 죽음을 대입시켜보지 못했습니다. 타인의 죽음은 타인의 죽음일 뿐 내 죽음이 아니었습니다. 죽는다는 것을 이론으로만 알았지요. 그저 출가 수행자이니까 떠나시는 분이 편안하게 가시도록 정성스럽게 염불해드려야 한다는 마음만 있었습니다.

시신을 태우는 동안 사람들은 커피도 마시고 물도 마시며 어디론가 바삐 전화를 걸어 사업 이야기도 합니다. 저녁에 만나서 뭘 먹을 것인지 의논하는 사람들도 있습니다. 유족들은 유골을 넣을 함이 뭐가 좋을지 신중하게 고르기도 하지요.

재미있지 않습니까? 대조되는 삶과 죽음의 모습 말입니다. 이 모든 풍경들이 예전엔 내 삶과 동떨어진 것이라 여겨졌는데 그러나 언젠

가부터 화장장이나 매장하는 묘지가 낯설지 않고 편안해지는 것을 느꼈습니다.

화장이 끝난 유골이 나오면 마치 내가 죽어 몸을 태운 것처럼 홀가분함을 느낍니다. 슬픔도 사라지고 안타까움도 사라지고 그것은 그냥 무無입니다. 있다가 없어지는 무無에 대한 경험은 꼭 집어 말로 표현할 길이 없습니다. 보이다가 보이지 않는 그 상태를 어찌 표현할 수 있겠습니까?

연기로 변하여 사라지는 것의 그 텅 빈 고요함. 육체를 벗어나는 것이 얼마나 기쁜 일인지 느낄 수 있는 분도 없진 않을 것입니다. 육체에 의지하고 있던 존재가 육체를 벗어나 얻게 되는 그 홀가분함을 뭐라고 표현할 수 있겠습니까. 어떻게 보면 육체는 그냥 껍데기입니다. 껍데기뿐인 육체는 걸어 다니는 조각 작품이라고나 할까요? 오온五蘊의 덩어리이며 온갖 망상의 본거지이던 육체라는 집, 이 집이 부서지는 것을 그리도 걱정하고 염려했건만 마침내 부서져 재가 되는 순간 집은 흔적도 없지요.

건물이 있다가 부서지면 허공이 드러나고 넓어지듯이 육체도 있다가 사라지면 허공과 하나가 됩니다. 경계가 사라지니 그토록 작던 존재가 갑자기 측량하기 어려운 무한정의 공간으로 섞여들게 되지요. 육체를 벗게 되는 날이 오면 모두 웃으며 사라집시다. 허공에 점 하나 남기지 말고 훨훨, 자유롭게 이 풍진 세상을 떠납시다. 그렇게 하려면 매 순간 정진을 열심히 하셔야 합니다. 삶이 짐스럽고 고단하고 괴롭고 두려우면 죽음은 더욱 짐스럽고 고단하고 고통스럽고 두려울 것입니다. 삶이 즐거울 때 비로소 죽음도 즐겁습니다.

남아 있는 온기

마다에 가득하던 방아, 깻잎, 금잔화, 옥잠화, 층층꽃….

한 해를 같이 살다 떠나간 것들의 이름을 속삭여봅니다.

다 가고 가벼워진 빈 자리에 꽃들의 따뜻한 미소가 남아 있습니다.

떠난 것들이 주고 간 사랑의 온기를 마음으로 안아봅니다.

마음의 피리소리

"사람은 죽으면 어디로 갈까요?"
자주 받는 질문입니다. 젊은 시절 저 또한 많이 했던 질문입니다. 낭만적인 이야기로 '사람은 죽으면 별이 된다'고도 하지요. 별이 떨어지면 누군가가 세상을 떠나는 것이라고 말하기도 합니다. 그러나 그것은 이야기 속에서 나오는 죽음일 뿐 사람이 죽어서 먼저 가는 곳은 화장장, 아니면 무덤입니다.
인도에 갔을 때 갠지스 강가에 있는 화장장에서 시신을 태우는 장면을 본 적이 있습니다. 자주 있는 일은 아니지만 우리나라 절집에서도 큰스님이 돌아가시면 장작을 쌓아놓고 화장을 합니다. 절에서 하는 화장을 다비茶毘라 하지요.
가깝게 지내던 지기가 섭씨 수백 도가 넘는 가스불에 타들어 가는 것을 지켜보며 사람들은 과연 무슨 생각을 할까요? 모든 것이 그렇게 허망할 뿐이라는 사실을 순간순간 자각하면서도 인간은 무엇인가를 끝없이 욕망하고 집착하고 눈앞의 이익만을 좇아 양심을 저버립니다.

곧, 또는 머지않아 내가 이 세상을 하직하게 될 것이라는 사실을 순간순간 자각한다면 우리는 좀 더 인간답게, 좀 더 아름답게 살아가게 될지 모릅니다. 태어날 때부터 인간은 어차피 시한부 인생을 사는 것이니까요. 남은 삶이 얼마 되지 않는다는 마음으로, 순간순간이 다 소중하다는 마음으로 살아간다면 하루하루가 다 신선하고 만나는 사람 하나하나가 귀한 존재로 보일 것입니다.

삶이 허망하게 느껴질 때 티베트 박물관에 가보세요. 티베트의 영혼을 볼 수 있는 그곳에 가면 사람의 뼈로 만든 피리와 염주, 두개골로 만든 공양기(그릇) 그리고 죽은 이의 인피(살껍질)로 만든 경전을 볼 수 있습니다.

사람의 뼈로 만든 피리가 있다니…. 처음 그 피리를 보는 순간 저는 기괴하다거나 끔찍스럽다는 생각 대신 눈앞에 설산이 떠올랐습니다. 눈 덮인 히말라야를 떠도는 바람소리 같은 피리 가락이 가슴에 울려 퍼지는 것 같아 찡한 감동을 받았습니다. 육신의 무상함을 그것보다 더 잘 보여주는 물건이 어디 있을까요.

척박한 환경 속에서 살아가는 티베트 사람들은 육신이 무상하다는 것을 태생적으로 익히고 배웁니다. 무상한 것이니 함부로 해도 된다는 뜻이 아니라 오히려 그렇기 때문에 삶을 더 소중하게 써야 한다고 생각하지요.
티베트뿐만 아니라 안데스 산맥에 사는 사람들도 사람의 뼈로 피리를 만들어 부는 것을 볼 수 있습니다. 가장 사랑하는 사람의 뼈로 만든 피리가 연주해내는 음악. 그 음악을 통해 죽은 자의 영혼 또한 위로받지 않을까요.

소라 껍데기를 주워 귀에 대어보면
바람소리가 난다.
불길 속에 마른 솔방울을 넣으면
쏴-아 하고 솔바람 소리를 내며 탄다.
타오르는 순간 사물은 제 살던 곳의 소리를 낸다.
헌 옷 벗어 장작 위에 누울 때

나는 무슨 소리를 내며 타오를까?

_김재진, 〈다비〉

시의 구절처럼 헌 옷 벗어 장작 위에 누울 때 우리는 정말 무슨 소리를 내며 타오를까요? 매 순간 깨어 있을 수 있다면, 그리고 남은 삶이 얼마 되지 않는다고 매 순간 자각할 수만 있다면 삶을 헛되게 보내지 않을 것입니다.

아버지와 이별을 준비하는 따님에게

어려운 시간을 보내면서도 침착하게 아버지의 아름다운 마무리에 대해 마음 쓰고 있는 모습이 거룩하게 느껴집니다. '뭔가 좋은 생각을 가지고 이 세상을 떠나셔야 하지 않을까' 하며 조바심을 낼 필요는 없습니다. 아버지에게 그 어떤 것을 하시라며 주문하기보다 그저 편안하게 숨 쉬며 육신과 고요히 마주하는 시간을 침묵으로 바라보는 것만이 우리가 할 수 있는 일입니다. 마음이 종잡을 수 없이 오락가락하거나 아쉬움과 안타까움으로 까맣게 타들어 갈 수도 있지만 사실은 안타까워할 일도, 불편해할 일도, 불안해할 일도 아닌 것이 죽음입니다. 임종을 앞둔 부모님께 자식이 해드릴 수 있는 최고의 선물은 어쩌면 "이 생의 인연에 감사드립니다. 고맙습니다. 내 부족함으로 슬프거나 고통스러운 일이 있었다면 용서해주세요. 미안합니다. 그리고 아버지 사랑합니다." 이런 말일 것입니다.

물론 이런 말을 바깥으로 꼭 내뱉지 않아도 됩니다. 진실로 정화된 마음의 고백이 필요한 시간이 지금입니다. 누구도 피할 수 없는 죽음의 문 앞에서 우리는 이 생의 모든 헛된 가치와 이별을 고해야 합니다.

새로운 경험의 세계

아메리카 인디언들에게는 죽은 자를 나무 꼭대기에 안치해서 까마귀밥이 되게 하는 의식이 있었다고 합니다. 또한 티베트인들은 조장을 통해 죽음 이후의 육신을 독수리 떼의 식사로 제공하지요. 죽음이란 결국 음식으로 돌아가는 것이라는 말도 있습니다.

육신이 자연에 묻히는 순간 거름이 되어 땅을 비옥하게 할 수 있다면 참으로 좋은 일일 것입니다. 땅속에 묻힌 죽음에 의해 비옥해진 땅 위의 나무는 뿌리로 영양분을 흡수해 가지로 올려보내고, 가지 끝에 매달린 열매를 통해 다시 지상의 생명들이 영양분을 섭취하고 성장한다면 죽음이야말로 인디언의 의식처럼 축하할 만한 것입니다.

따라서 죽음을 어둡고 우울하고 생각하기도 싫은 두려움의 대상으로 여기는 것은 올바른 생각이 아닙니다. 죽음 이후 우리는 새로운 삶을 살게 되며 그 삶은 뜻밖에 신선하고 아름다운 세계일 가능성이 큽니다. 육체라는 좁은 굴레를 벗어나 자유를 얻은 영혼이 왜 어둡고 두려운 세계를 찾아가겠습니까? 자유로운 영혼이 찾아가는 그곳은 밝고 따뜻한 새로운 경험의 세계일 것이라고 믿고 싶습니다.

어제의 싱싱하고 신선한 꽃이

병들고 시드는 것을

아무 거부감 없이 받아들일 수 있는 것처럼

우리는 왜 그런 태연한 태도로

질병과 죽음을 인정하지 못할까요?

장애를 넘어가는 법

라훌라야, 자애를 관하는 공부를 닦아라.

자애로운 마음을 닦으면 나쁜 마음이 사라지게 된다.

라훌라야, 더불어 아파함을 관하는 공부를 닦아라.

더불어 아파하는 마음을 닦으면 잔인한 마음이 사라지게 된다.

라훌라야, 더불어 기뻐함을 관하는 공부를 닦아라.

더불어 기뻐하는 마음을 닦으면 혐오하는 마음이 사라지게 된다.

라훌라야, 평온함을 관하는 공부를 닦아라.

평온한 마음을 닦으면 미워하는 마음이 사라지게 된다.

부처님이 출가하시기 전에 낳은 아들 라훌라 존자. '장애'라는 뜻을 가진 라훌라라는 이름은 출가자뿐 아니라 몸은 세속에 있어도 마음의 출가를 꿈꾸는 사람들에게 많은 생각을 하게 합니다. 자애로운 마음을 닦고, 아파하는 마음을 닦고, 함께 기뻐하는 마음을 닦고, 평온한 마음을 닦으라는 말씀을 통해 우리는 모든 중생을 향한 부처님의 자비로운 마음과 함께 삶의 숱한 장애들을 넘어가는 지혜를 배웁니다.

고통 없이 우주가 탄생한 것이 아니다

기쁨도 슬픔도 고통도 통증도 분노도 상처도 모두가 인생입니다. 1막이 끝나면 다시 2막이 시작되고 2막이 끝나면 3막이 시작되지요. 인생은 끝없는 무대의 막을 올리며 우리로 하여금 하나하나 배워가기를 기대합니다. 기쁨과 슬픔과 고통 속에서 어떻게 살아야 하는지를 배우지 못한다면 인생에서 배울 수 있는 것은 아무것도 없습니다.

조지프 캠벨이라는 학자는 이런 말을 했습니다.

"고통이 전혀 없이, 슬픔도 전혀 없이, 시간도 사라진… 그리고 죽음도 없이 우주가 탄생했다고 알고 있는 사람은 결코 우주의 진리를 아는 것이 아니다. 그러므로 당신이 이 세계를 돕고자 한다면 이 세계 안에서 어떻게 살아가야 하는가를 깨달아야 한다."

오늘 당신이 맡은 무대에서의 역할은 무엇이었나요? 그 배역이 끝났으면 바로 다음 배역으로 넘어가야 합니다. 아직 연기 중이라면 충분히 그 배역에 몰두하세요. 그 역할이 고통이면 어떻고 슬픔이면 어떻습니까? 어차피 다 지나갈 텐데요.

질병은 위대한 작품을 낳는다

미술에 대한 재미있는 강의를 들은 적이 있습니다. 위대한 예술가들은 모두 환자이며, 그들의 위대한 작품은 질병이 만들었다는 이야기였지요. 미켈란젤로가 그린 천장화 '천지창조'에 대한 에피소드는 그림에 대한 이해와 생각을 확 바꿔주었습니다.

미켈란젤로는 몇 년간 천장에 매달려 누운 자세로 그림을 그리느라 조울증과 우울증에 시달리고 신장병을 앓았다고 합니다. 한번 비계 위에 올라가면 내려오기 어려우니 빵과 음료, 소변통까지 가지고 올라가 어지간하면 내려오지 않고 그림에 집중했다는 것입니다. 한번은 비계 위에서 떨어져 장애가 생겼지만 오직 신을 향한 절대적 믿음으로 그림을 완성해나갔고, 덕분에 그에겐 백 가지가 넘는 질병이 남았다고 합니다. 그런데도 90세까지 장수했다고 하니 타고난 것일 수도, 아니면 신이 그의 손을 빌려 성화를 완성하기 위해 목숨을 길게 주었는지도 모르겠습니다.

우린 무엇을 조금 하다가 힘들면 금방 싫증을 내고 물러섭니다. 수행자들도 몸이 아프거나 힘들면 기도나 수행을 중단하는 경우가 있는

데, 명작을 남긴 화가들은 그 특별한 임무를 수행하기 위해 태어난 것인지도 모르겠습니다.

모네는 또 어떻고요. 백내장과 녹내장 때문에 시력을 잃어 말년의 그림 속엔 사람도 그 아름다운 수련도 뭉개지고 흐려져 있습니다. 류머티즘성 관절염으로 손가락이 오리발처럼 되어도 끝까지 그림 그리는 일을 손에서 놓지 않았다 하니 참으로 경이롭기까지 합니다.

열강을 하던 유경희 선생은 모네의 그림 두 점을 비교해 보여주었습니다. 하나는 젊은 날의 생생함과 선명함으로 물감이 반짝거리는 그림이었고, 또 한 점은 느낌만으로 그린 뭉그러지고 흐릿한 그림이었습니다. 저에겐 앞서 본 젊의 날의 그림도 아름다웠지만 마지막 순간까지 창작의 기쁨을 누린 그림이 훨씬 감동적으로 다가왔습니다. 인생의 모든 짐을 다 내려놓은 화가의 여유와 자유라고 할까요? 육체의 기능을 다 소진하고 정신적 평온함과 지극히 따뜻한 가슴으로 붓질을 하며 해탈의 경지에서 남긴 그림은 바라보는 것만으로도 아프지만 감동적입니다.

삶의 태도

누군가 욕을 했을 때 되받아 분노를 터뜨리기보다 오히려 그에게 깊은 감사를 드려보세요. 감사드릴 수 있는 그 마음이 바로 명상입니다. 내게 상처를 준 그는 상처가 무엇인지 깨달을 수 있는 좋은 기회를 나에게 준 것입니다.

불행은 우리 스스로 생각하기에 달렸습니다. 어떤 상황이 다가오든 모든 것을 불운하게 여겨 스스로를 불행한 사람으로 인식하는 사람이 있습니다. 그런 사람은 잘못된 그 인식의 습관 때문에 아무리 좋은 상황이 온다 해도 그 상황에서 긍정적인 어떤 것을 찾아내지 않고 불행해질 가능성을 찾아냅니다. 같은 꽃을 봐도 인식의 습관이 부정적인 사람은 아름답다는 감탄보다 '저 꽃이 시들면 어디다 버리지?' 하고 지금 하지 않아도 될 걱정을 미리 당겨서 창조해냅니다.

불행을 앞당겨 두려워하는 사람에게 불행은 더 이상 놀라운 것도 새로운 것도 아닙니다. 자신의 주머니 속에 불행의 씨앗밖에 없다고 생각하는 사람에게는 백 가지 약이 효과가 없습니다.

삶은 짐이 아니고 세상 또한 짐이 아닙니다. 세상에서 우리가 마주치는 상황은 헤아릴 수 없이 많고 다양합니다. 그 많고 다양한 상황을 어떻게 해석하고 판단하느냐에 따라 세상은 우리 편이 되기도 하고 적이 되기도 합니다. 내 편이 되느냐 아니면 적이 되느냐 하는 것도 사실은 우리의 관점과 태도에 달려 있습니다. 삶이 짐이 될지 아니면 축복이 될지 또한 삶을 대하는 우리의 태도에 달려 있습니다.

미래의 일은 예측하기 어렵다

사람은 앞날을 내다보거나 알고 싶어 하는 욕망이 있지요. 복권을 샀을 때 복권에 당첨될지, 자신이 투자한 주식의 가격이 뛰어오를지, 새 직장을 구할 수 있을지, 좋은 짝을 만나 결혼할 수 있을지, 새 가게가 돈을 많이 벌어들여 부자가 될 수 있을지….

하지만 우리가 마음에 미리 어떤 바람과 기대를 가지고 있으면 사건을 대하는 태도가 정확할 수 없고, 자신이 기대하는 바에 따라 사물을 바라보는 시각 또한 편향적으로 되기 쉽습니다.

앞일을 예견하는 지혜는 미리 설정한 기대로부터 자유로울 때 생겨날 수 있습니다. 막연한 기대감으로 미래를 예측하기보다 지금 이 순간 자신감을 가지고 내가 확실히 아는 것에서부터 하나하나 계단을 밟아가는 것이 미래를 준비하는 안전한 방법입니다.

순수하고 깨끗한 의식은 미래를 예측하지 않습니다. 순수의식은 지금 이 순간, 이미 모든 것에 완전하니까요. 섣불리 미래를 예측하지 않는 마음은 비록 뭔가에 실패한다 하더라도 실패가 아닙니다. 그때의 실패는 실패가 아닌 성장을 위한 경험이며 미래로 가는 계단인 것이지요.

높지도 낮지도 않게

자기가 떠받들어지기를 바라고 높아지기를 원하면 원할수록 행복 쪽으로 가는 게 아니라 이상하게 더 고달프고 외로워지는 쪽으로 흘러가는 게 인생입니다.

불가에서는 처음 배우는 행자에게 '자신이나 타인을 높이 치켜세우지도 말고 바닥에 떨어트려 낮추어 보지도 말아야 한다'고 가르칩니다. 내면의 평화를 위해 매우 유용한 공부 방법이지요.

자신을 너무 높이 치켜세우는 사람은 오만해져 매사를 그르치기 쉽고, 자신을 너무 낮추어 보는 사람은 열등의식에 빠져 시기심을 갖기 쉽습니다. 반면에 타인을 너무 높이 치켜세우는 사람은 겸손한 듯하지만 아부하는 마음이 생기기 쉽고, 타인을 너무 낮추어 보는 이는 생명을 존중하는 마음이 사라져 비정해지기 쉽습니다.

너무 많지도 않고 적지도 않게, 그리고 너무 높지도 않고 낮지도 않게 적절한 수준을 유지하기란 어떤 관계에 있어서나 쉬운 일이 아닙니다. 따라서 그것은 훈련이 필요하며 수행이 필요한 일입니다.

지나가는 봄

민들레 홀씨가 만행하듯 허공을 떠다니는 봄입니다. 엊그제 왔던 봄이 어느새 사라지고 있듯 봄을 밀어내며 눈앞에 다가온 여름도 또 어느새 가버리고 말 것입니다.
일어나는 모든 것은 사라지고 말 것이니 이를 일러 무상無常이라 합니다만 삶 속에서 매 순간 무상을 자각할 수만 있어도 우리는 일어나는 온갖 감정의 소용돌이로부터 벗어날 수 있겠지요.
깨달음의 스승들은 이런 무상한 현상에 대해 "바다에 파도가 일어나듯 상념이 일어났다 스러지는 것을 그대로 내버려두라"고 했습니다. "일어나고 사라지고, 또다시 일어난다 한들 일어난 것은 반드시 사라지기 마련이니 일어나는 현상에 끌리지 않고 분별심 없이 고요히 지켜보는 것"이 바로 진리의 길이라고 했지요.

지금 힘든 상황을 겪고 있는 분이라면 어려운 그 상황으로부터 한 발짝 비켜 나와 주위를 둘러보십시오. 그 상황을 고요히 지켜보며 모든 것이 흘러가고 지나간다는 사실을 믿어보십시오. 마치 남의 일 바라보듯 그렇게 자신의 일을 지켜볼 수만 있다면 상황 속에 빠져 있을 땐 볼 수 없던 삶의 다른 풍경들이 눈에 보이게 됩니다. 아무리 힘든 상황이라 하더라도 지나가기 마련입니다.

고통도 즐거움도 다 찰나일 뿐
삶은 그저 여여히 그 자리에 있을 뿐입니다.
움직이는 것은 우리의 마음뿐
삶은 계속되며 흘러가기 마련입니다.

밥값 하는 마무리

"밥만 축내는 사람이 되어서는 안 됩니다."
책에서 본 이 문장이 많은 생각을 하게 만들었습니다. 이제는 백세시대라 해서 노령사회로 가고 있는데, 이는 60대 이상 된 노인들만이 아닌 20대도 고민해봐야 하는 우리 현실의 문제입니다.
우리는 보통 노인이 된다는 걸, 할 일이 끝났고, 사회에서 쓸모가 없어지고, 몸도 불편하고, 연금을 받을 수 있으면 받고, 아프면 병원 신세지고, 이렇게 나머지 생을 사는 거지, 라고 생각합니다. 그렇게 쓸모없는 존재, 사회의 잉여 인간처럼 지내고, 또 그렇게 자신을 여기는 것이 맞는가에 대한 생각이 많아집니다.
사과나무 묘목을 심으면 처음엔 두 알, 세 알이 열립니다. 감나무도 그렇지요. 해가 갈수록 열 알, 스무 알 열리다 점점 나이가 들어 고목이 되어 이제 나무가 고사해야 할 때가 오면 그해로부터 2, 3년간은 더 많은 사과를 매답니다. 상상할 수 없을 정도로 많은 사과를 매달아서 가지가 휘어져 부러질 정도지요. 한번은 그런 사과나무를 보고 이 사과나무는 종자가 다른 거냐고 물었습니다. 그게 아니라 나무의

수명이 다했기 때문이라더군요. 수명이 다해서 죽을 때가 되면 죽기 전에 저렇게 많은 열매를 매단다고요. 저는 우리 인간이 고령화가 되면서 밥만 축내는 노인이 되면 안 된다는 말을 보고 그 사과나무를 떠올렸습니다. 그렇다면 우리 인간에게 있어서 마지막으로 그토록 많은 사과 열매를 맺는다는 건 어떤 의미일까요.

나이가 든다는 건 젊은이만큼 활동적으로 뛰어다니며 몸으로 부딪쳐 하는 일은 줄어들지 모르지만 살아온 날만큼의 시간과 지나왔던 역사 속에서 쌓인 현명함과 지혜를 사과 열매 매달듯이 사회에 환원하는 것과 같다고 생각합니다. 불교 용어로는 회향廻向이라고 하지요. 그것이 노년에 해야 할 일이 아닐까요? 무료하게 의미 없이 시간을 보낸다거나 이미 사회에서 할 일이 끝났다고 생각하는 것이 아닌, 자신이 알고 있고 경험했던 모든 지혜를 다음 세대가 먹고 흡수할 영양분이 될 수 있도록 주는 것. 그것이 저는 인생에서 마지막 사과 열매를 맺는 것이라 생각합니다.

저 역시 밥만 축내는 사람이 되지 않으려면 어떻게 하는 것이 지혜로운 걸까 생각하다 제주도 사진작가 김영갑 선생님을 떠올렸습니다. 육지 사람이던 그분은 제주도에 촬영을 갔다 그곳의 풍광에 반해 40여 년 제주도에서 제주 사람으로 살다 갑니다. 그렇게 미쳐서 사진을 찍던 어느 날 루게릭병 진단을 받게 되지요. 점점 근육이 굳어져 몸을 쓸 수 없어지는 그 병 앞에서 놀랍게도 그분은 숨을 거두기 직전까지 사진을 찍었습니다. 제주도의 아름다운 자연을 담은 사진을 더 많은 사람이 볼 수 있도록 갤러리를 혼자 힘으로 일구기도 했지요. 살날이 얼마 남지 않았으니 해야 할 일이 더 많았습니다.

루게릭병으로 죽어가는 자신을 쓸모없다고 책망하거나 몹쓸 병에 걸리게 한 운명을 원망하는 게 아닌, 이 상황 속에서 내가 세상에 무엇을 해주고 갈 수 있는지를 생각하는 사람이었습니다. 저는 승려이다 보니 수행자의 자리에 서서 그분의 삶을 비춰보게 됩니다. 가슴이 뭉클하게 저려왔습니다. 인간은 스스로의 존엄을 이렇게 지키는구나…. 자기가 자기의 존엄성을 지키는 것만큼 밥값을 하는 마무리도 없다는 생각이 듭니다. 밥값을 축내며 살아가는 별 볼 일 없는 사람이 아니라 밥값을 하는 사람.
카메라의 셔터를 누르기 힘들 때조차 제주도의 풍경을 남겨서 후대 사람들에게 보여주겠다던 그 의지는 정말 숭고합니다. 왜 우리는 손가락 하나 움직이는 이토록 간단한 걸 기적이라고 하는지, 왜 우리는 그렇게 고통 앞에서만 인생을 정면으로 바라볼 수 있는지 생각해보게 됩니다. 그래서 저도 밥만 축내는 사람으로 살지 말아야겠다는 생각을 다시금 해봅니다.

노인과 아이

아기 사슴들은 어른 사슴 무리와 함께 살아야 생명이 유지되고, 오래 살아남을 수 있다고 합니다. 위험이 찾아왔을 때 어린 사슴들은 어떻게 먹이를 구하고 피신해야 하는지, 어떻게 대처해야 하는지를 모르는 거죠. 하지만 그 무리에 노련한 어른 사슴이 있을 때는 그들이 그간 자연을 통해 얻은 지혜를 어린 사슴들을 보호하는 데 쓸 수 있다고 합니다.

어디에 가면 물이 있는지, 어디에 가면 향기로운 풀이 있는지, 또 어디로 새끼들을 인도해야 하는지, 그것을 어른 사슴, 특히 암사슴은 다 알고 있다고 합니다. 사슴 무리뿐만 아니라 우리가 살아가는 인간 세상에도 어른들의 지혜는 필요합니다.

이런 세상을 한번 상상해보세요. 세상에 어리거나 젊은 사람들만 살아간다고요. 그럼 과연 어떻게 될까요? 물론 노년층만 산다고 생각해봐도 마찬가지입니다. 그 어느 쪽이 빠진 세상은 마치 어린 묘목만 자라고 있는 숲과 같아 약하고 불완전합니다. 어디 할 것 없이 모든 생명들이 더불어 살아가는 곳은 갓 태어난 어린 생명부터 젊고 활기

넘치는 생명체, 그리고 중년과 노년의 생명체들이 어우러져 살아갈 때 건강해집니다.

세상의 때가 묻어 순수하지 못한 경우도 있지만, 어른의 세계에는 모든 걸 다 얻거나 잃어보았고, 얻는 것에 대한 기쁨과 잃는 것에 대한 두려움이 무엇인지도 알며, 어떻게 하면 살아남는지, 또 어떻게 하면 인간으로서의 존엄성을 지키면서 자손을 보존할 수 있는지에 대해 이미 노련한 노하우가 있는 법이지요.

도서관에 가면 많은 양의 서적들이 있고, 그 책들을 통해서 우리는 지나온 시간 속에 묻혀 있는 역사와 앞서 간 이들의 영적인 세계를 탐구할 수 있습니다. 이처럼 우리가 살아가는 이 세상도 윗세대들이 살아온 삶의 노하우와 지혜를 통해 조화와 균형을 이루는 법입니다.

유배지에 가면

여러분은 어떤 여행지를 선호하시나요? 저는 머리를 비우고 가슴을 채우고 싶을 때 더러 옛 선비의 유배지를 찾아갑니다. 그 당시 유배지는 척박한 곳이었지만, 지금 도시를 떠나 찾아가는 유배지는 바람소리가 청량하고 흙길은 아련하며 꿋꿋하면서 품격 있는 고목들이 많아 인생 수업을 하기에 그만한 곳도 없을 듯합니다.

다산 선생이 18년간 유배 생활을 했던 강진은 갈 때마다 "좋구나!" 하는 감탄사가 저절로 나옵니다. 강진만이 내려다보이는 백련사에서 다산초당으로 넘어가는 흙길은 수백 그루 동백나무로 숲을 이루어 동백을 보는 것만으로도 마음을 빼앗기기 십상이지요.

저는 그 동백나무들이 하나하나 정진하는 수행자로 보입니다. 다른 꽃잎처럼 바람에 분분히 날리지도 않고 목련처럼 갈변하지도 않고 낙화하는 순간 송이째 툭, 떨어지는 것이 수행을 잘한 고승이 좌탈입망 하는 것 같아 숭고하게 여겨집니다.

천주교 박해에 연루되어 가족을 떠나 유배된 다산 선생은 두 아들에게, 폐족이 잘 살아가는 길은 독서와 글쓰기를 멈추지 않는 것이라며 “너희들이 책을 손에서 놓지 않는 것이 내 목숨을 구해주는 것이다”라고 간곡히 학문에 힘쓸 것을 당부했다고 합니다. 인생의 큰 위기 속에서도 선생은 “사람이 살다가 큰 재앙이나 재난을 당한다 해도 그 일로 인해 쉽게 낙담하거나 꿈을 포기해서는 안 되며 천지조차 조그맣게 보고 우주도 가볍게 손으로 다룰 수 있을 만큼 담대한 기상을 키워가야 한다”고 자식 교육을 합니다.

그렇게 도시를 떠나 선인의 유배지에 가면 참된 사람은 오히려 핍박받고 궁할 때에 몇 배 더 기상을 키워야 한다고 가르치던 옛 어른들의 육성이 동백꽃 떨어지는 소리처럼 들려오는 듯합니다.

자신이 초라하고 보잘것없다고

생각되는 날엔

그저 산을 바라보며

산을 통째로 끌어안듯

깊이 호흡해보세요.

산이 되어 호흡해보세요.

자녀 문제로 속상한 엄마에게

살다 보면 우리가 기대한 대로 되지 않는 일을 자주 만나게 됩니다. 아이의 성적이 떨어지거나 행동거지가 마음에 들지 않는 경우도 그 중 하나지요. 그때마다 많은 부모들은 화를 내며 아이와 자신을 책망합니다. 하지만 그런 혼란과 갈등을 잘 살펴보면, 우리를 속상하게 하는 것은 외부의 일 자체가 아니라 그에 대한 우리의 해석임을 알 수 있습니다.

세상일은 우리가 원하는 대로 일어나 주지 않으며, 자식을 포함한 누구도 우리 원대로 움직이지 않습니다. 타인의 우주를 자기 기대에 맞추려는 것 자체가 고통이요 혼란입니다. 더구나 그 기대의 내용도 상황에 따라 오늘 다르고 내일 다르지 않던가요?

어찌할 수 없는 것에 대해 실망하거나 슬퍼하기보다는 대상과 적당한 거리를 유지하는 게 현명합니다. 지나친 집착과 밀착은 관계를 파괴하고, 너무 먼 거리는 아무 도움도 줄 수 없게 만듭니다.

스트레스로 피곤한 직장인에게

긴장하지 않고 유연한 몸과 마음을 지니려면 먼저 사람과 사물을 대하는 자신의 태도를 돌아봐야 합니다. 부정적인 태도는 자신의 기운을 꺾고 주변에도 나쁜 영향을 끼칩니다. 그럴수록 일의 질은 떨어지고 만족감도 적어지니 스트레스 또한 커질 수밖에요.

스트레스를 푸는 가장 쉬운 방법은 자신이 얼마나 긴장하고 있는지를 분명하게 알아차리는 것입니다. 어깨가 필요 이상 위로 치켜 올라가 있다거나 숨을 충분히 내쉬지 못하며 참고 있음을 깨닫게 된다면 불편해서라도 스스로 긴장을 풀게 되지요. 평소 몸이 긴장하고 있는지 편안한 상태인지를 살펴보는 연습을 하면 좋습니다. 한 시간마다 의식적으로 깊이 심호흡을 하는 것도 좋은 방법이지요.

상사나 동료로 인해 화가 치밀어오를 때는 자신의 마음을 향해 재빨리 '잠깐!' 하고 정지 명령을 내립니다. 그러면서 들이마시고 내쉬는 호흡에 정신을 집중합니다. 들숨을 향해 '들이마심' 하고 이름 붙이고, 날숨을 향해 '내쉼' 하고 이름 붙이며 숨을 쉬는 거지요. 계속 호흡에 이름을 붙이고 심호흡을 하다 보면 어느새 분노가 가라앉게 됩니다.

'누구에게도 방해받지 않고 내 방식대로 사는 것'을 '쿨하게 산다'고들 하지요. 하지만 도가 지나쳐 혼자만의 세계에 침잠한 이들도 적지 않은 듯합니다. 물론 처음엔 그런 방식이 좋을 수 있습니다. 복잡함에서 벗어난 듯 홀가분하겠지요. 하지만 누구도 고립돼 살 수는 없습니다. 골목 하나만 돌아서면 또다시 상처를 입게 되지요. 이는 내면의 평화를 회복한 것이 아니라, 불씨를 덮어놓은 것에 불과합니다. '방해받고 싶지 않아!'라고 하지만, 실은 내면 깊숙한 곳에서는 더 인정받고 싶고 더 넓은 공간으로 나아가고 싶은 것이 아닐까요?

상대가 나를 어떻게 대해주느냐에 초점을 맞추면 배울 것이 없습니다. 부모나 형제, 직장 동료의 형편없는 행동에 초점을 맞출수록 내 삶은 빗나갑니다. 그보다 내가 세상에 온 목표, 즉 성품을 보다 고귀하게 성장시키고자 하는 이상을 향해 노력하고 자제심을 발휘하는 것이 현명합니다.

다른 존재와 조화를 이루려는 노력은 모든 이에게 주어진 우주의 특명입니다. 자연은 사람에게나 사물에게나 완벽한 답을 주지 않으니까요. 조화를 이루려 노력하다 보면 우리는 어느새 자유를 얻게 됩니다. 제가 살아오면서 깨달은 것이 있다면 자유란 우리에게 참 많은 것을 요구한다는 점입니다. 감당하기 어려운 일을 감당해내며 기품 있게 행동할 때에야, 비로소 자유는 내면에 모든 것을 허락합니다.

버스를 탄 할머니

이런 이야기가 있습니다. 한 할머니가 버스를 탔는데 내내 불안에 떨며 정류장마다 운전기사에게 이번엔 차가 어디서 서느냐고 묻고 또 물었습니다. 이를 지켜보던 승객이 "할머니 마음 놓으세요. 잘 듣고 계시면 차가 설 때마다 방송으로 안내를 해줍니다. 그래도 마음이 안 놓이고 걱정이 되시면 기사님께 미리 말씀해놓으세요"라고 했습니다.

그 말을 들은 할머니는 운전기사를 향해 "기사 양반 꼭 좀 잊지 말고 나를 좀 내려주시오. 아주 화급한 일로 가는 길이니까"라고 부탁했습니다. 기사는 당연히 그러겠다고 대답했지요.

"예, 알았습니다, 할머니. 그런데 어디서 내리실 거죠?"

운전기사의 말을 들은 할머니는 안심이 된다는 듯 대답했습니다.

"종점에서 내려주면 돼요. 난 종점에서 꼭 내려야 돼요."

이는 우리가 평소에 얼마나 긴장하고 사는지를 깨닫게 하려는 우화입니다. 긴장하면 우리의 의식은 점점 더 오그라들지요. 긴장과 불안

속에서는 뭔가를 기억하기가 더 어려워집니다. 깨달음이란 깊은 휴식 상태에서 일어납니다. 잠깐 사이 흘러가는 짧은 인생, 기를 쓰며 고집 부릴 일도 없고 결사적으로 긴장하며 살 일도 아닙니다.

“인생을 너무 힘들게 하지 마세요.”

밤하늘이 우리를 내려다보며 소곤거리는 소리, 들리시나요?

Time

오래된 팝송 가운데 〈Time〉이라는 노래를 기억하나요? 젊은 세대는 모르는 노래일 수도 있습니다. 뭔가를 생각하게 하는 가사 내용 때문에 오래 기억에 남아 있는 노래입니다.

"어떤 사람은 죽지도 못하고 어떤 사람은 살지도 못하죠. 어떤 사람은 내게 비열하다고 말하고 어떤 사람은 내게 친절하다고 말합니다. 사람들은 대부분 자기 갈 길을 가지만 우리에게 어떤 마음의 방향도 정해주지 못합니다. 해가 질 때 웃고, 해가 뜰 때는 울고, 한밤중에는 울지도 웃지도 않아요. 오, 행복한 시간이여, 어디로 갔나요?"

'이미 사라진 시간은 어디로 간 것이지?'라고 묻고 있는 이 노래는 다른 사람이 나를 좋은 사람이라고 말하건 나쁜 사람이라고 말하건 타인의 평가가 내 인생에 아무 영향도 주지 못하며, 사람들은 자기 살기도 바쁜데 내 인생의 방향까지 정해줄 수 없다고 역설합니다. 좋으면 웃고, 슬프면 울지만 하루가 저무는 시간에 가만히 돌아보세요. 좋았던 기억 슬펐던 기억들은 어디로 갔는지, 노래를 흥얼거리며 자신에게 물어보세요.

오늘은 내 마음이 누구의 일을 하느라고 바빴나요? 혹시 다른 이의 행동과 말이 마음에 들었다, 안 들었다 온종일 남의 인생에 관여하느라 지쳐 있진 않나요? 그러나 다 괜찮습니다. 이제 자신으로 돌아오세요. 지금이라도 나 자신을 알아차림 하면 됩니다.

당신의 눈은 무엇을 보고 있나요?
당신의 코로 숨이 들어가고 나가는 것이 느껴지나요?
당신의 입은 지금 무엇을 말하고 있나요?
당신의 몸은 어떤 자세로 있나요?

그 모든 것을 지금 알아차려 보세요. 당신의 하루가 알아차림으로 꽉 차도록 해보세요. 행복한 감정이 당신을 사로잡을 것입니다.

인생의 경험들

얼마 전 불문에 출가한 한 사미승이 통도사 강원에서 공부하다가 군법사로 입대했습니다. 제 방송을 듣고 불심을 키웠다는 사미승은 임관한 뒤 제게 인사를 하러 왔습니다. 갓 수계를 받고 승복 차림으로 왔던 모습과 달리 군복을 입고 찾아온 사미승은 더욱 의젓해 보였지요.

행군을 하고 고된 훈련을 받았지만 그는 차라리 군 훈련이 행자 교육보다 더 쉽더라는 말을 했습니다. 사람마다 다 경우가 다르고 상황이 다를 테니 어떤 것이 더 어렵고 어떤 것이 더 쉽다고 말할 순 없겠지만, 힘들고 덜 힘들고도 마음을 어떻게 먹느냐에 따라 많이 달라질 것입니다.

인생에서 만나는 모든 경험들은 어쩌면 나도 모르게 내가 경험하기로 선택한 것일지도 모릅니다. 어떤 이유에선지 알 수 없다 하더라도 내가 자발적으로 선택한 것이라고 마음먹는다면 그 경험은 어쩔 수 없이 당하는 것보다 훨씬 수월하게 넘어가게 될 것입니다. 그렇게 생각하면 사는 일이 좀 더 즐겁고 편하지 않을까요?

생각

생각 없이 행동한 적이 있나요?
당연하지요. 누구나 무심코 행동할 때가 있습니다. 그러나 그 무심코 한 행동이 좋은 결과를 낳는 경우는 많지 않습니다. 무심코 아무 생각 없이 한 행동이 어떤 땐 커다란 실수를 불러와 낭패를 볼 때도 있지요.
아무 생각 없이 그냥 습관적으로 행동하는 사람에 비해 깨어 있는 상태로 생각을 떠올리고, 그 생각대로 행동하는 사람은 오늘과 내일을 자신의 의지대로 조절해나갈 수 있습니다.
뭔가가 자신의 의지대로 움직여나간다는 것은 얼마나 신나는 일인가요? 내가 하는 생각이 내일을 만들고, 다음 주를 만들고, 다음 달을 만들고, 내년을 만듭니다.
긍정적인 생각을 하는 사람에게는 긍정적인 현실이, 부정적인 생각을 하는 사람에게는 부정적인 현실이 펼쳐지는 것이 인생입니다. 인생의 어떤 청사진을 선택할 것인지는 자신의 의지에 달려 있습니다.

욕망이 사라질 때 지혜가 나타난다

무엇인가 중요한 것을 결정하기 위해 망설이는 그 순간 그러나 우리 마음은 이미 내가 무엇을 결정해야 할지 알고 있다고 합니다. 마음속에 어떤 종류의 동요가 있다면 바른 선택을 할 수 없다고 하지요. 결정을 해야 하는데 이럴까 저럴까 마음이 흔들리고 있다는 사실을 알아차리게 되면 마음이 가라앉을 때까지 기다린 뒤 결정하는 것이 좋습니다.

그 사람을 만나야 할지 말아야 할지, 속에 있는 말을 해야 할지 말아야 할지, 그리고 돈을 빌려줘야 할지 말아야 할지, 집을 이사해야 할지 말아야 할지, 관계를 유지해야 할지 말아야 할지, 직장을 옮겨야 할지 말아야 할지 등등 세상엔 참으로 결정하기 어려운 일들이 많습니다.

그러나 인생에서는 수시로 뭔가를 결정해야 하는 일과 마주하게 됩니다. 무엇을 어떻게 결정해야 할지를 묻는 질문에 지혜로운 스승들은, "어떤 것을 얻으려는 욕망이 사라질 때 비로소 지혜가 나타나서 결정할 것"이라고 가르칩니다.

우주가 돌아가는 원리가 정해져 있건만 그것을 내가 바라는 방식대로 조작하려 하면 올바른 결정을 할 수가 없다는 말로 이해됩니다만, 중요한 결정을 앞두고 마음이 동요하고 있다면 깊게 숨을 내쉬고 잠시 눈을 감아보는 것이 좋습니다. 오고 가는 생각들을 그냥 그대로 오고 가도록 내버려 둔 채 망설임으로부터 잠시 비켜 나와 가슴의 소리에 귀를 기울여보는 것도 좋습니다. 모든 걸 내려놓은 텅 빈 마음 속으로부터 홀연 지혜가 나타나 미뤄뒀던 결정을 할 수 있도록 고요히 기다려보세요.

아침 기도를 소개합니다

아침에 눈을 뜨면서 가장 먼저 무엇을 생각하느냐에 따라 하루의 삶이 달라질 수 있습니다. 밤새 악몽에 시달렸다면 눈을 뜨는 순간 부정적인 마음이나 걱정이 밀려오기 쉽고 개운하게 숙면을 취했다면 찾아온 아침이 상쾌하고 하루가 즐거울 것입니다.

그러나 그런 기분과 관계없이 눈을 뜨자마자 먼저 자신에게 미소를 보내며 기지개를 켜고 간단한 기도문을 떠올려보신다면 하루를 소중하게 맞이할 수 있을 것입니다.

제겐 자주 염송하는 기도문이 있습니다. 산티데바의 이 기도문은 읽을 때마다 감동을 주는데, 마음을 무한하게 확대시켜주는 효과가 있어 아침에 하는 기도문으로 좋습니다.

〈아름다운 소원〉

세상에

질병으로 고통받는 이들이 있는 한

그들의 질병이 모두 치유될 때까지
제가 의사가 되고 간호사가 되고
약이 되게 하소서.

먹고 마실 것이 부족할 때는
제가 먹을 것과 마실 것이 되게 하시며
가난한 이들을 위해
제가 무진장한 보물이 되고
그들에게 필요한 모든 것이 되어
항상 그들 곁에 있게 하소서.

보호가 필요한 이들을 위해서는 제가 보호자가 되고
길 떠나는 이들을 위해 안내자가 되며
물을 건너려고 하는 이들을 위해서는
배가 되고 뗏목이 되고 다리가 되게 하소서.

육지를 찾는 이들을 위해서는 섬이 되고

빛을 찾는 이들을 위해서는 등불이 되며

쉼터가 필요한 이들을 위해서는 쉼터가 되고

도움이 필요한 이들에겐 제가 도우미가 되게 하소서.

여의주가 되고, 풍요의 보배 창고가 되고, 최고의 약초가 되고

강력한 진언이 되고, 소원을 들어주는 나무가 되고,

보석이 되게 하소서.

꽃 소식

만해 선사는 "죽은 줄 알았던 매화나무 가지에 구슬 같은 꽃망울 맺혀주는 쇠잔한 눈 위에 가만히 오는 봄기운은 아름답기도 합니다"라고 노래했습니다.

꽃이 피었다고 함께 그 아름다움을 간직하고 싶어 하는 분들이 문자로, 메일로, 사진과 꽃 핀 소식을 알려옵니다. 아름답고 좋은 것을 보면 함께 나누고 싶어 하는 마음, 그 마음이 바로 사랑이며 보살의 마음이겠지요.

가볍게 내린 봄비 속에서 오늘은 '봄의 이 싱싱하고 따뜻한 기운은 어디서 오는가?' 하는 생각을 해봤습니다.

봄은 청춘을 상징하고 젊음을 상징하지만, 죽은 줄 알았던 매화나무 가지에도 구슬 같은 꽃망울이 맺히듯 꼭 청춘에게만 오는 것은 아니지요. 세상의 파도에 시달려 주름살 늘어난 세상 모든 사람들에게 봄은 공평하게 오고 있습니다.

인생의 전류

비가 퍼붓고, 따가운 햇살이 쏟아지고, 거친 바람을 맞으면서 과일은 익어갑니다. 그중엔 비바람을 못 이기고 그만 떨어지는 것들도 있지요. 과일이 맛으로 가득 차 저절로 익기까지엔 그렇게 고통을 이겨내는 시간이 필요한 법이지요.

저항이 없으면 전류는 열을 내지 못합니다.

우리의 인생 또한 끈질기게 비 내리는 장마를 지나 햇볕이 들다가 바람이 불다가 눈이 쏟아지면서 그렇게 익어가지요. 익을 대로 익은 인생을 사는 사람들을 보세요. 잘 익은 벼가 고개를 숙이듯 그들은 겸손하고 겸양하며 타인을 잘 이해하고 배려할 줄 압니다.

지금 삶에서 위기나 어려움을 맞고 있다면 그렇게 생각을 바꾸어보십시오. 지금의 이 어려움이 바로 내게 빛과 열을 내는 전류라고 말입니다.

열등생

우린 얼마나 많은 생애를 살아온 걸까요?
수많은 생을 거듭해서 살아왔건만 우리는 이번 생에 처음 살아보는 것처럼 여전히 자신을 잘 알지도 못할 뿐 아니라 인간관계도 서툴고, 누군가를 증오하고 불신하는 일을 반복하며 심지어 살인까지 저지르기도 합니다. 공부로 따지자면 복습에 복습을 수백 번씩 거듭했는데도 여전히 나오는 문제마다 틀린 답을 하는 열등생인 것이지요.
깨달아 눈이 밝아지기 전에는 모두가 가련한 존재이니 선각자들은 부지런히 수행하라 당부합니다. 인간의 몸 받아 여기까지 오는 데도 얼마나 힘들고 어려웠는데 여기서 더 못한 길로 물러설 수는 없는 일이잖아요?
길건 짧건, 하루거나 몇 년, 몇 생이거나 스쳐 가는 순간은 다시 오지 않을 듯 가버리고… 한 세상 다녀가는 일이 쉽지만은 않지요? 우리가 오늘 하루 어디서 무엇을 했건 스스로를 향상시키는 순간이었길 바랍니다.

동터오는

아침의 기도

어제 일했으니 오늘 쉬고 싶다.

아무도 관심 가져주지 않으니 외롭다.

매일 꼭 같은 일을 반복하니 지겹다.

태양이 이런 말을 하는 걸 여태 들어본 적 없습니다.

동터오는 아침의 합장.

Lee Il Soon

등불 하나가 어두운 밤길을 밝히듯

지나온 시간을 돌아보면 환한 등불 같은 날들이 있습니다. 그러나 세월이 흘러도 많이 흘러버린 이제는 절에서 보냈던 행자 시절을 돌아보면 호랑이 담배 피우던 시절 이야기라도 되듯 아득하기만 합니다. 그렇게 세월은 놀랍도록 변해가고 있습니다.

오늘 아침, 법정 스님의 《오두막 편지》를 읽다가 저도 똑같은 경험이 있어서 혼자 슬며시 웃음이 나왔습니다. 스님의 책에 이런 구절이 있었습니다.

"우리가 처음 절에 들어왔던 시절만 하더라도 절에서는 시주 물건에 대해 타이르는 말이 가장 많았다. 시주의 은혜를 많이 지면 내생에 그 집의 소가 되어 힘든 일로 갚아야 한다는 말을 노스님들로부터 수없이 들었다. 돌이켜보면 그저 겁주려고 한 말이 아니라 그 안에는 털끝만큼도 어김이 없는 무서운 인과의 도리가 들어 있다."

제가 어른 스님들께 들었던 말씀 그대로입니다. 그러고 보면 아무래도 저는 내생에 소가 되어 힘든 일로 갚아야 할 시주 은혜가 너무 큰 것 같습니다. 예전엔 무심히 받아 든 공양물들이, 요즘엔 다시 행자 시절로 돌아간 것처럼 하나하나 무게가 느껴집니다.

사미니 시절, 제 하루는 신도들이 올린 기름 등불 청소로 시작해서 저녁이 되면 등잔에 새 기름을 부어 불을 밝히는 것으로 이어졌습니다. 그 당시에는 등불 올리는 분들의 기름병이 따로 따로 마련되어 있어서 기름집에서 참기름을 짜다가 큰 병에 담아 병마다 등불 공양자의 이름을 써 붙였지요.

가령 김삿갓이라고 써진 병의 기름은 꼭 김삿갓 님의 등잔에 붓고, 홍길동이라 써진 병의 기름은 홍길동 님의 등잔에 부어야 합니다. 그렇게 법당 탁자 밑에는 큰 참기름 병이 열댓 개 줄 지어 서 있었습니다. 참기름 등불은 그 당시 귀하고 값비싼 공양이었지요.

등잔은 꼭 간장 종지같이 생긴 도자기 그릇을 이용했는데 그 그릇 속에 적당한 조약돌을 놓고 그 조약돌 위에 창호지를 꼬아서 만든 심지를 세워두면 기름이 창호지에 배어들게 되지요.

기름 머금은 창호지 위에 불을 붙이면 고소한 참기름 향기와 함께 등불은 세상에서 가장 아름다운 불빛으로 빛나게 되는데, 그 시절을 떠올려보니 이 글을 쓰는 동안에도 바람에 참기름 냄새가 솔솔 묻어 오는 것 같군요.

저녁 예불 시간에 맞추어 불을 밝히면 기름 등불은 밤새 법당에서 환하게 빛났습니다. 다음 날 새벽 예불 때 법당에 들어서면 고소한 참기름 냄새가 진동했습니다. 그렇게 참기름으로 밝혀놓은 여러 개의 등불들이 한 줄로 서서 반짝반짝 빛나는 모습은 참으로 아름다웠습니다.

하지만 기름 등불은 생각보다 손이 많이 갑니다. 여간 정성을 들이지 않으면 기름이 푹푹 줄어들기 때문에 아주 신중하게 모셔야 했습니다. 등잔에 기름을 너무 많이 부어도 안 되고 심지가 너무 많이 솟아올라도 그을음과 함께 기름이 바짝 졸아들지요.

기름에 찌꺼기가 많이 생기면 불빛이 아름답지 않고 투박하기 때문에 매일 등잔을 닦아 청소하고 심지는 언제나 알맞게 가위로 잘라주어야 합니다.

정성스럽게 여러 시간에 걸쳐서 청소를 마친 등잔에 새로 기름을 붓고 불을 밝힌 순간의 그 초롱초롱한 불빛을 상상해보십시오.

큰 병에 담긴 참기름 한 병은 한 가정의 반년 등불이었으니 참으로 귀한 기름 등불이지요? 요즘도 마찬가지지만 그 당시엔 부처님께 올리는 공양물은 최상의 것, 가장 귀한 것을 아낌없이 올렸던 것 같습니다.

그렇게 지극정성 올리시는 기도가 신도님들께는 큰 힘이 되었겠지요. 요즘 법당의 작은 꼬마전구에 불이 들어오면 자동으로 켜지는 등불과는 비교도 안 될 만큼 정성 그 자체였습니다.

그 시절 기름 등불 밝혀 공양 올렸던 청신사(남자신도), 청신녀(여자신도)들은 이제 한 분, 두 분 세상을 떠나셨지만 그분들의 자손들이 지금도 그때 그 등불 공양의 공덕으로 세상 곳곳에서 꺼지지 않는 불빛처럼 환하게 살아가는 모습을 봅니다.

그 당시 어린 마음에 그렇게 기름 붓고 청소하는 일이 수행이나 기도 같게 느껴지지 않았는데 지나고 보니 그 순간순간이 모두 거룩한 정진의 기회였다는 것을 깨닫게 됩니다. 물질적으로 풍요로운 것이 수행에는 독이 된다고 일갈하시던 옛 어른 스님들의 매서운 죽비 일성이 결코 지나친 말씀이 아니었지요.

우리는 모두 마음공부의 길을 가는 도반이며 수행자입니다. 옛 선지식들의 가르침에 따라 우리 스스로 수행자의 본분에서 벗어나는 행위를 할 때는 언제나 서로가 서로에게 사랑의 채찍을 들어야 하겠지요. 저라고 예외가 아닙니다. 물론 여러분이 채찍을 드는 번거로움이 없도록 저 자신 스스로 마음 챙김을 하겠습니다만, 분별심에서 나온 비난이 아닌, 사랑이 담긴 충고와 질책은 우리를 성숙하게 만들 것입니다. 깨어 있는 의식으로 우리 모두 각자의 수행길에 죽비가 될 수 있는 참된 도반이며 스승이 되길 기대합니다.

나를 필요로 하는 그곳에

지구의 수십억 인구 중에 절반이 가난한 사람들이고 10억 명 이상이 굶주림으로 고통받고 있다고 합니다. 그러나 마더 테레사는 "인간의 가장 큰 불행은 가난과 질병이 아니라 아무도 자기를 필요로 하지 않아 버림받는 것이다"라고 했습니다.

바빠서 죽겠다는 말을 습관적으로 하는 사람들은 바빠서 죽는 것이 아니라 바빠서 너무나 행복하다고 말을 바꾸어야 할 것 같습니다. 자기를 필요로 하는 곳이 너무나 많아 쉴 시간이 없는 사람이라면 마더 테레사의 말씀을 한 번쯤 떠올려보면 좋겠습니다. 세상에 필요한 사람이 되기 위해선 우선 진실하고 부지런해야 되겠지요.

꽃샘추위라고 하기에는 무척 바람이 강하고 추운 봄밤입니다. 바람도 불고 날씨도 으슬으슬 추우니까 제가 재미있는 이야기 하나 들려드릴까요? 자, 호롱불 앞으로 모이십시오.

탁발하러 다니던 한 걸승이 하루는 부잣집에 들어가게 되었습니다. 집주인은 행색이 남루한 거지 스님을 보자 동전 하나를 주어 내쫓았습니다. 그로부터 여러 달이 지나 그 부잣집에서 또 한 번의 잔치가 열렸는데, 이번에 걸승은 화려한 법복을 빌려 잘 차려입고 찾아갔습니다.
잘 차려입은 걸승을 본 집주인은 "초대도 하지 않았는데 이렇게 큰 스님이 방문해주시다니 이보다 기쁜 일이 어디 있겠습니까?" 하며 진수성찬을 차려왔습니다.
진수성찬 앞에서 걸승은 그러나 조용히 일어나 법복을 벗어 상 앞에 놓은 채 밥도 먹지 않고 가만히 앉아 있는 것입니다.
이 모습을 이상하게 여긴 집주인이 "스님, 혹시 제가 무슨 결례라도 했습니까? 어찌 공양에 전혀 손도 대지 않으십니까?" 하고 묻자 걸승은 "이 음식은 내게 주신 것이 아니라 화려한 이 옷을 위해 주신 것이니 나 대신 옷이 음식을 드시라고 기다리고 있는 중입니다"라고 대답했습니다.

세상 살다 보면 인간관계의 많은 부분이 이렇습니다. 입고 있는 옷이나 타고 있는 자동차, 살고 있는 집, 학벌 등 다양한 겉치레로 평가하다 참된 모습을 보지 못하여 진실을 놓치는 경우가 허다하지요?
위의 선사뿐만 아니라 평범한 출가 수행자에게도 이런 일은 종종 일어납니다. 오래전 제가 아는 한 비구니 스님이 그런 일을 겪은 적이 있습니다. 전국 불자 모임이 서울 한 호텔에서 열렸는데 꼭 참석해야 하는 일이었기에 바쁘게 오셨습니다. 그 당시 사찰에 승용차는 없었고 농사짓는 짐을 나르기 위해 트럭이 하나 있었는데 스님은 지방에서 서울까지 트럭을 타고 올라와 호텔 입구에 도착을 하셨지요.
트럭이 도착하자마자 호텔 도어맨이 밖으로 차를 내쫓았습니다. 호텔 직원 입장에서는 참으로 황당했을 것입니다. 하지만 그 스님은 너무 당당하고 아무렇지도 않게 경상도 사투리로 "와 차를 못 세우게 합니꺼? 저기 빈 자리가 있는데" 하고 말했지요. 행사에 왔으니 잠시 빈 자리에 차를 대놓겠다고 해도 호텔 도어맨은 끝내 허락하지 않았지요.

혹시 이와 비슷한 일을 겪었다고 해서 화내거나 섭섭해하진 마십시오. 우리가 살고 있는 이 생이란 것도 살다가 언젠가는 벗어야 할 옷과 같은 것이니까요.
좋은 옷을 입거나 고급 승용차를 탔을 때 받았던 대접이 즐거운 것이라면 헌 옷을 입거나 낡은 트럭을 탔을 때 받는 냉대 또한 즐겨볼 만한 일입니다. 어느 쪽이 더 마음공부에 도움이 될지는 각자의 몫이지요. 대접받는다고 우쭐할 것도, 무시당한다고 의기소침할 것도 없습니다. 그 모든 것은 이 풍진 사바세계에 머무는 동안 펼쳐보는 한 편의 연극일 뿐이니까요.

무상한 하루

아침마다 눈을 뜨는 것은 아침마다 절집의 일주문을 여는 것과 마찬가지입니다. 눈을 뜨면 눈에 들어오는 것은 머나먼 인도, 다르질링에서 모셔온 불상과 지난 가을 수확한 모과 그리고 향을 공양하기 위해 만들어놓은 향꽂이, 생수가 담긴 유리병 같은 것들입니다.

마음의 일주문 안으로 보이는 그 모든 사물들, 주변에 놓여 있는 물건 하나하나는 변함없이 거기 그 자리에 놓여 있습니다. 그러나 눈으로 확인할 수는 없지만, 그 어떤 것도 변하지 않는 것은 없습니다. 세상 모든 것은 만나면 헤어져야 하고, 만들어지면 또 부서져야 하는 속성이 있습니다. 모든 것이 무상하다는 말씀이지요.

그렇게 무상한 것들을 애착하거나 놓지 못한 채 우리는 한생을 살아갑니다. 그 한생 또한 무상하니 소년은 청년이 되고, 청년은 어느새 노년이 되어 홍안의 모습이 백발의 주름살로 바뀝니다.

오늘 또 무상한 하루 앞에 이마 조아려 절하며 세상의 일주문을 활짝 엽니다.

마음의 비밀

사람들과 함께 요가를 응용한 명상을 한 적이 있습니다.
평소 운동을 하지 않던 사람들은 대부분 몸이 경직되어 간단한 요가 동작을 하는 데도 어려움이 많고, 심한 경우 통증이 뒤따르기도 합니다. 그럴 때 그 통증으로부터 빨리 벗어나려고 동작을 멈추거나 적당히 넘어가거나 하면 몸의 유연성을 회복하기가 힘들어집니다.
그런데 처음 오시는 분들을 살펴보며 발견한 흥미로운 사실이 있습니다. 몸이 딱딱하게 경직되어 있는 사람은 마음도 따라서 경직된 경우가 많다는 것입니다. 몸이 유연해지면 물론 마음도 따라서 부드러워지지요. 마음과 몸은 따로 떨어져 있는 것이 아니니까요.
몸이 뜻대로 되지 않을 때는 마음을 살펴보는 것도 좋습니다. 세상에 대해 내가 얼마나 냉소적인지, 세상에 대해 내가 얼마나 부정적인지, 세상에 대해 내가 얼마나 이해가 부족한지….
몸과 마음은 오랫동안 내버려두거나 자학하면 굳어져서 나중엔 고치기 어렵게 됩니다. 몸의 어느 부위를 눌러봤을 때 통증이 있거나 굳어 있다면 그 부위와 연결된 어딘가에 병이 있는 것입니다. 딱딱한 정도가 심할수록 그 상태는 오래전부터 진행된 것이지요.
중요한 것은 자신의 몸에 병이 왔을 때, 싫어하는 마음을 내기보다 그 상태를 그대로 받아들이고 인정하는 것입니다. '내가 내 몸에 무심했었구나. 나와 타인을 이해하고 받아들이는 마음이 부족했구나' 하고 스스로를 돌아보며 말입니다.
그렇게 자신의 내면으로 돌아와 스스로를 인정하고 나면 마음이 편안해지고 몸도 점점 유연해지는 것을 경험하게 됩니다. 타인의 삶에 대해 깊은 이해가 부족할 때, 우리는 속상해하고 미워하고 피가 거꾸로 솟기도 하고 가슴이 답답해지기도 합니다.
그러면 가장 심하게 타격을 입는 것이 심장이지요. 심장은 잠시도 쉬지 않고 움직이며 운동을 하기 때문에 암에 걸릴 확률은 거의 없다고 합니다. 아직 심장암이라는 말은 못 들어봤으니까요. 심장은 계속 움직이고 활동을 하기 때문에 늘 뜨거워서 열을 싫어하는 암이 접근을 못 한다는 얘기를 들은 적도 있습니다.
오래전 인도에 갔을 때, 갠지스 강변에서 화장하는 모습을 본 적이 있습니다. 시신이 다 타고 나서도 한참 동안 타지 않고 남아 있는 게 있었는데, 화장하는 사람 말로는 그것이 바로 심장이라 하더군요. 인간의 한 생애 동안 가장 왕성하게 활동했던 심장이 화장장의 불길 속에서도 쉽게 타지 않는 것을 보며 '살아가는 동안 심장을 굳어지게 하는 나쁜 마음은 일으키지 말아야지' 하고 생각했던 일이 떠오릅니다.

생각은 씨앗과 같다

생각은 씨앗과 같습니다. 그 어떤 생각이든 생각하는 대로 거두게 됩니다. 실패를 생각하면 실패하고, 성공을 생각하면 성공하게 됩니다. 모든 사람이 성공을 원하면서도 실제로 생각하는 것은 원하는 것과 다를 때가 많습니다. 성공을 원하면서도 마음은 자꾸 실패할 것이 두려워 스스로를 제약하며 실패 쪽으로 씨앗을 뿌립니다.

성공을 원하면서도 실패의 씨앗을 마음에 심으며 이건 이래서 안 되고, 저건 저래서 안 된다며 수많은 실패의 변명과 구실을 만들어냅니다. 변명이 많은 사람은 성공하기 어렵습니다. 구실이 많은 사람도 성공하기 어렵습니다. 그들은 늘 성공의 밭에 씨를 뿌리는 것이 아니라 실패의 밭에 씨를 뿌리며 미리 갖가지 변명과 구실을 만들어놓기 때문입니다. 그때의 그 변명과 구실이 바로 실패의 씨앗입니다. 이유 없는 근심과 걱정, 불안이라는 씨앗에 물을 주며 가꾸는 동안 성공은 싹도 틔워보지 못한 채 말라 죽고 맙니다.

모래와 바람 그리고 파도

여우와 도마뱀 전갈들이 몸을 의지해 사는 모래사막은 바라보기만 해도 신비합니다. '우리는 어디서 와서 어디로 가는가?' 하는 근본적 질문에 빠지다가 지질학에 관심을 가지게 되었고, 그렇게 접한 지질학은 지금 내가 머물고 있는 이 작은 공간 하나가 얼마나 거대한 우주와 맞닿아 있는지를 실감하게 만듭니다.

이 글을 쓰고 있는 종이를 비롯해 펜, 문자를 찍는 핸드폰의 액정이나 컴퓨터 화면, 그리고 책상과 욕실의 거울, 마당의 흙이나 목련꽃이 바라뵈는 유리창, 거리의 아스팔트나 꽃을 꽂아둔 유리병을 비롯해 돌로 조성된 불상과 아침, 저녁으로 예불을 올리는 법당 등등 우리를 에워싸고 있는 세상이 모두 모래의 도움으로 이루어져 있고, 모래는 거대한 암석이 부서져 이루어진 것이라고 생각하니 돌 하나 모래 한 톨이 예사롭지 않습니다.

파도가 치면 그 파도는 마치 석수장이가 된 듯 커다란 암석을 수없이 갈고 쓰다듬으며 모서리를 둥글게 만듭니다. 암석에서 떨어져나온 바위 조각들은 다시 둥근 조약돌이 되고, 오랜 세월을 거치며 그것은 산산이 부서져 모래가 되니 세상엔 부드러운 실크를 깔아놓은 듯한 모래사막이 펼쳐지게 되지요.
수천수만 년에 걸쳐 부서지고 또 부서진 암석 가루인 모래가 그렇게 히말라야 같은 산을 품고 있다 상상하면 우리가 생각으로 만든 크다 작다 하는 분별이 얼마나 어리석은 일인지 깨닫게 됩니다. 손으로 모래 한 줌을 만지거나 맨발로 모래 위를 거닐고 있을 때 우리 몸은 수십억 년의 역사 속에 안겨 있는 것이나 다름없습니다.

그렇듯 형상을 부수고, 틀을 깨며 어떤 이름도 거부하고 그 무엇에도 종속되지 않는 모래가 오랜 시간 불교 사상에 큰 영향을 준 것은 어쩌면 너무도 당연한 일인지 모릅니다. 《금강경》의 '범소유상 개시허망凡所有相 皆是虛妄'이라는 경구에서도 드러나지만 '산이 산이 아니요 모래가 모래가 아니라 그 이름일 뿐, 눈으로 보고 손으로 만져지는 형상 있는 것은 본래 티끌이며 먼지이며 그 모양이 아니었다'는 말씀은 바로 모래와 산의 유구한 역사를 꿰뚫어 본 탁견이며 그것이 곧 무상을 일러주는 진리라는 것을 부연해서 무엇하겠습니까.

컴퓨터의 화면과 핸드폰의 액정을 바라보며 우리가 읽고 쓰는 글, 그리고 지금 내가 누구에게 보낸 문자와 사진들 또한 그 모든 형체 있는 것들과 함께 언젠가는 모래 알갱이처럼 산산이 부서지고 흩어질 것입니다. 천지간에 변하지 않는 것은 아무것도 없다는 무상의 진리 따라 결국은 모두 온 곳으로 돌아가는 티끌 같은 이 삶은 알고 보면 자연의 순리, 우주의 원리를 따라가는 가장 멋진 일이며 아름다운 여행입니다.

흐르는 강물처럼

어린 시절 제 인생에 커다란 영향을 주었던 작가 헤르만 헤세는 소설 《싯다르타》에서 "강에는 현재만 있을 뿐이고 과거라는 그림자도, 미래라는 그림자도 없다"고 했습니다. 《금강경》에 영향을 받은 듯 느껴지는 헤세의 이런 발언은 소설뿐 아니라 현실 속의 나를 돌아보는 데도 유용합니다.

잊을 수 없다고, 용서할 수 없다고 믿고 있는 그 모든 것들을 강물에 흘러가도록 그냥 내버려두세요. 모든 길의 끝에는 바다가 있듯이 모든 시간의 끝에도 종말이 있습니다. 하루의 끝이든 계절의 끝이든 그리고 한 해의 끝이든 그것들은 모였다 흩어지는 우리 인생의 작은 죽음입니다.

이때 죽음의 의미는 단순한 끝이 아니라 또 다른 삶, 초월적인 삶으로 나아가는 새로운 출발을 의미하는 것이지요. 붙잡고 매달리던 모든 것을 내려놓는 것이 바로 죽음입니다. 바닥에 이마를 대며 절을 할 때마다 내려놓고 또 내려놓으며 우리는 죽고 다시 태어나는 일상 속의 탄생을 경험합니다.

대지로 돌아간 귀하고 소중한 생명들,

맑은 향기로 다시 피어나소서.

인생의 마지막 공부

요즘 젊은 사람들은 역할 분담도 잘하고 특히 남성들이 아이 키우는 육아에 관심을 많이 갖는다 하니 참 바람직한 일입니다. 남녀의 역할을 고전적으로 구분하지 말고 남성이 아이를 키우며 살림을 하고, 여성은 바깥에 나가 돈벌이를 할 수도 있는 것이 현대적인 생활 방식입니다. 서로 고정된 역할에만 묶이지 말고, 마치 두 사람이 함께 페달을 밟는 페달 네 개짜리 자전거처럼 서로의 마음을 읽어가며 조화롭게 살아가는 것이 좋습니다. 목적지에 다 왔다고 자전거에서 혼자 뛰어내릴 수 없듯이 나 좋은 대로만 생각하며 살 수 없는 것이 부부입니다.

요즘 사람들과 그런 이야기를 자주 나눕니다. "우리가 세상에 와서 인생을 완성해간다는 게 무엇일까?" 제 자신부터 생각해봅니다. 생을 완성해간다는 게 과연 무엇일까.

나이가 들며 혼자 사는 사람도 있지만 부부가 되어 아이를 낳아 가정을 이루고 살 때는 남자, 여자였던 사람이 아버지, 어머니가 되잖아요. 어쩌면 아버지가 되는 것과 어머니가 되는 것이 생의 마지막 공부가 아닐까 생각해봅니다.

누군가 "사람의 몸으로 왔을 때 인간에게 마지막 공부가 있다면 그게 무엇일까요?"라고 묻는다면 여성은 엄마 되는 공부, 남성은 아빠 되는 공부라고 대답할 것입니다. 아버지라는 대상은 한 생명이 탄생할 수 있도록 생명을 주고 어머니라는 대상은 무조건적인 사랑을 주며 보살피고 키웁니다. 살다 보니 저부터도 그런 무조건적인 사랑을 하는 것이 쉽지 않다는 것을 알고 있습니다. 원근친소遠近親疎라는 말이 있습니다. 가까운 사람, 먼 사람, 좀 더 예쁜 사람, 별로 관심 없는 사람 등 사람에 따라 마음이 가는 농도가 다 달라지게 마련입니다. 하지만 진정한 어머니가 된다는 것은 온전히 있는 그대로 무조건적인 사랑을 베푸는 것이지요. '네가 이렇게 하면 내가 이렇게 해줄게'가 아니라 존재 자체를 사랑하는 것이지요.

그런데 뉴스를 통해 끔찍한 사건들을 접하면 가슴이 오그라들고 머리가 말려드는 기분입니다. 그 작은 생명체가 부모에 의해 죽임을 당했다든지 그 어린아이가 부모로부터 사랑과 보호를 받지 못하고 학대를 당한다는 이야기를 들으면 이 세상이 정말 제대로 된 세상이 맞는가, 이래도 되는 것인가, 하는 의구심이 듭니다.

젊은 사람들을 보면 이야기하곤 합니다. 인생의 마지막 수업은 아버지 되는 것, 어머니 되는 것일 수 있다고요. 물론 꼭 결혼하고 아이를 낳아야만이 그 사랑을 실천할 수 있는 것은 아닙니다. 불교에서는 온전한 사랑을 베푸는 어머니로 관세음보살님이 계십니다. 관세음보살님은 중생을 무조건적으로 살펴주십니다. 수행자인 제게 있어서 온전한 사랑을 실천하는 어버이의 마음을 갖는다는 것은 결국 관세음보살의 품성을 내 안에서 끌어내는 것이지요. 그렇게 한 생을 완성해 갑니다.

네 가지 은혜

부모님의 은혜, 나라의 은혜, 그리고 스승의 은혜와 시주의 은혜를 네 가지 은혜라고 합니다.

가만히 살펴보면 이 네 가지 은혜 중 한 가지 은혜라도 입지 않고 세상을 살아가는 사람은 없습니다. 그러나 이 네 가지 은혜 중 한 가지 은혜라도 늘 마음에 새기고 기억하며 사는 사람 역시 많지 않습니다. 감사하는 마음을 잊고 사는 사람에게 늘 따라다니는 것은 배신감과 무기력과 원망과 분노 같은 것입니다.

이 배신감과 무기력, 원망 또는 분노 같은 마음이 올라온다면 얼른 자신을 돌이켜보십시오. 그 순간 당신은 감사하는 마음을 잊어버리고 살고 있을 것입니다.

감사하는 마음은 언제나 또 한 번 감사할 수 있는 좋은 상황을 내게 가져다줍니다. 감사하면 또 감사할 일이 생긴다는 것이지요. 네 가지 은혜 중 어느 한 가지라도 떠올려 감사하고 또 감사하는 인생을 살아가십시오.

세상의 모든 엄마

우연히 돌고래 다큐멘터리를 보았습니다. 진화생물학자들의 연구에 따르면 원래 고래는 네 발 달린 동물로 육지에서 살았다고 합니다. 먹이를 구하러 물속으로 들어갔다가 수륙양용으로 오갈 수 있게 되었다는데, 결국 수중생활에 완전히 적응해서 뒷다리는 퇴화하고 앞다리는 지느러미처럼 변형되어 바다로 돌아가게 되지요. 물속을 누비지만 물고기처럼 아가미로 호흡하지 않고 허파로 숨 쉬며, 알을 낳는 게 아니라 새끼를 낳고, 젖을 먹여 키우는 것이 인간과 같은 포유류입니다.

그런데 얼룩돌고래는 새끼를 낳고 태평양까지 5개월을 헤엄쳐간다고 합니다. 그사이 아무것도 먹지 않고 오직 거대한 물살을 가르며 자신이 나아가야 할 드넓은 바다를 향해 헤엄만 친다는 다큐멘터리를 보는 동안 거침없는 그 생명력에 커다란 감동을 느꼈습니다. 그렇게 헤엄쳐가는 어미를 따라가며 새끼는 계속 젖을 먹지요.

그런 어미돌고래와 새끼돌고래를 보는 동안 보현보살 생각이 났습니다. 보현보살은 "중생을 위하는 마음 무엇인들 아까우리. 중생이 원하면 이 몸마저 드리리"라는 서원을 세운 자기 헌신과 희생의 대명사라고 할 수 있는 보살이지요.

얼룩돌고래가 새끼에게 젖을 먹이며 다섯 달 동안 자신은 아무것도 먹지 않고 더 큰 생의 교육장으로 새끼를 이끌고 가는 모습이 제게는 마치 보현보살이 중생을 위해 지치지 않는 자비심을 베푸는 것처럼 보였습니다. 돌고래와 마찬가지로 세상의 어머니는 모두 보현보살의 또 다른 모습이며 보현보살의 현존 아닐까요?

세포 하나하나에 초점 맞추기

현미경을 들이대듯 호흡에 주의를 기울이면 우리의 몸은 세포 하나하나가 느껴질 듯 선명하게 생동합니다. 그렇게 내가 살아 있다는 것을 느껴보세요.

깨어 있다는 것은 그런 것입니다. 현미경으로 들여다보듯 세포 하나하나의 생동하는 느낌을 그대로 느끼고 깨닫는 것이 깨어 있는 것이지요.

주의를 집중해 명상할 때 우리는 자주 엉뚱한 곳으로 빠져 스스로를 잃어버리기도 하지만 이 자리에 있는 우리가 간다고 어디로 가겠습니까? 상념이나 의혹들, 헛된 망상이 한동안 마음을 휘젓고 지나간 것뿐이지요. 망상에 빠졌구나 하고 알아차리자마자 우리는 바로 호흡으로 돌아와 집중할 수 있습니다.

그렇게 우리는 언제나 다시 시작할 수 있으니 다행한 일이지요. 기도하다 보면 어느새 흙탕물이 일어나 기도하려던 마음의 본질은 사라지고 형식적으로 기도를 마치는 경우도 있습니다. 그래도 걱정 마세요. 그러면 어떻습니까? 마음이 잠시 놀러 나간 것뿐이니까요.

알았으면 다시 되돌아오면 됩니다. 모든 것이 이와 같습니다. 한눈 팔았던 스스로를 탓하거나 괴로워 말고, 이런 상태, 저런 상태를 그대로 받아들이며 새로 시작하면 됩니다. 학생이라면 이와 같이 공부하면 되고 수행자라면 이와 같이 마음을 쓰면 되고 부모라면 이런 마음으로 자식을 대하면 됩니다. 그리고 무엇보다 의기소침해지는 자신을 격려하면서 끝까지 신뢰하는 것이 중요합니다.

너무 잘하려고 애쓰지도 말고
못한다고 다그치지도 말며
스스로의 모습 그대로를 받아들여 주세요.

살다 보면 신기한 일을 경험합니다. 신기하다는 것도 이치를 알고 보면 납득이 가지 않는 바는 아니지만요.

큰 절에 살 때 이야기입니다. 벌써 수십 년 전 일이네요. 한 스님이 갑자기 폭식증에 걸렸습니다. 이름만 들어봤을 뿐 그런 병이 실재하는지조차 정확하게 아는 이가 없었지만, 음식이 보이는 대로 먹어치우는 그 스님을 보며 모두들 그게 폭식증일 거라 짐작했습니다. 그 스님이 그런 병에 걸린 데는 이유가 있었습니다. 귀신 덮인 사람을 치료하기 위해 구병시식救病施食을 하고 난 뒤 그랬으니 아마도 그 스님 또한 귀신이 덮어 씐 것이라 생각했지요.

이유야 어찌 되었든 스님은 자신의 배가 탈이 나는 것에도 상관없이 음식이 눈에 보이기만 하면 먹어치웠고 그런 불가사의한 식욕은 정말 귀신이 덮어 씌지 않고선 일어날 수 없는 것이었습니다. 그대로 두면 스님은 아무래도 그 식탐 때문에 목숨이 위태로울 것 같았습니다. 평소엔 전혀 음식 욕심을 내지 않던 스님이었기에 사람들은 더욱 당황했습니다. 모든 욕망을 비우는 길을 걷는 수행자의 신분으로 하찮은 음식 하나 절제하지 못한다는 사실이 부끄럽고 치욕스러운 일이었습니다. 그러나 병적으로 솟아나는 식탐을 인력으로 어찌할까요.

그렇게 폭식증에 걸린 스님을 보는 주지스님 걱정 또한 남달랐습니다. 기도도 해보고 본인을 앞에 두고 타일러도 보고 음식이 눈에 띄지 않게 감추어도 보고…. 아무런 효과가 없었습니다. 이렇게 밝은 세상에 귀신이 어디 있느냐고 주장하던 사람이나 귀신 따위는 두려워하지 않는다고 말하던 사람들까지 눈에 보이지 않는 어떤 힘을 인정해야 할 지경이었습니다.

절의 그런 분위기 때문인지, 아니면 미물까지 귀신의 영향을 받았는지, 절밥을 얻어먹고 자라던 해탈이(고양이)마저 스님께 가지 않고 평소 그렇게 따르던 스님을 웅크린 채 지켜보기만 했습니다. 그런 해탈이를 쓰다듬으며 하루는 주지스님께서 "해탈아, 너희 스님이 저렇게 병에 걸렸으니 이를 어쩌면 좋으냐. 너를 그렇게 아껴주던 스님이니 네 목숨을 바쳐서라도 저 스님을 구했으면 좋으련만…" 하고 혼잣말을 했습니다.
희한한 일은 다음 날 일어났습니다. 해탈이가 없어진 것이지요. 밥을 준비해놓고 불러도, 마을까지 내려가 좋아하는 생선 뼈다귀를 얻어 놓고 불러도 해탈이는 돌아오지 않았습니다. 놀란 대중들이 산문 밖을 뒤지며 해탈이를 찾아 나섰고, 뜻밖에도 해탈이는 숲속의 나무 아래 잠자듯 엎어져 죽어 있었습니다. 해탈이의 죽음을 본 주지스님은 어제 자신이 했던 말을 기억해냈고, 죽은 고양이의 영혼을 위해 정성을 다해 기도를 올렸습니다. 폭식증에 걸렸던 스님 병이 나은 것은 그 뒤였습니다. 도저히 어떻게 해볼 수 없던 스님의 식탐이 아물던 상처에서 딱지가 떨어지듯 툭 떨어져 버린 것입니다.

아직도 가끔 그때 그 해탈이가 생각납니다. 말 못 하는 짐승이란 표현을 우리가 흔히 쓰지만 그때 그 기억을 통해 저는 짐승들이 말을 못 하는 게 아니라는 확신을 가지게 되었습니다. 그들과 우리의 의사 표현 방법이 달라서 그럴 뿐 가만히 마음의 문을 열고 귀 기울여보면 그들이 우리에게 하는 말, 그리고 우리가 그들에게 하는 말은 서로 소통될 수 있는 것이 분명합니다. 그 통로가 되는 것은 단 하나, 우리가 사랑이라 이름 붙여놓은 감정의 흐름입니다.

수행자의 참모습

날씨가 많이 가물어 나무들이 목말라 합니다. 아침에 물통에 물을 받아 세수를 하다가 돌아가신 노스님 생각이 떠올라 물을 더 아껴 쓰게 됩니다. 행자 시절엔 물통에 물을 받아 세수한 뒤에 그 물로 발을 닦고, 발 닦은 물로는 다시 걸레를 빨고, 걸레 빤 물은 화단에 부어주었습니다. 공양간에서 설거지를 할 때는 그릇을 헹군 물을 따로 통에 모아놓았다가 나무에게 주었지요. 예전엔 세제를 사용하지 않아 그릇 헹군 물은 지금보다 깨끗했으니까요.

그렇게 노스님으로부터 배운 절약 습관은 지금까지 제 생활의 많은 부분에 배어 있는데, 지금도 저는 우편물이 오면 가위로 봉투를 오려서 전화기 옆에 놓고 메모지로 사용하고 있습니다.

라일락이 필 때면 더욱 생각나는 것은, 해우소(측간)로 가는 길에 큰 라일락 나무가 한 그루 서 있었는데 노스님은 해우소를 가실 때면 꼭 라일락 잎사귀를 몇 장 떼어 가셨습니다. 저도 따라서 라일락 잎사귀를 한 장 떼어서 입에 대어봤다가 잎사귀의 쓴맛에 얼굴을 온통 찌푸리고 말았지요.

소포가 오면 소포 싼 종이나 끈 하나까지 다 모아놓았다가 재활용하시던 노스님께 배워서 그런지 저도 재활용이 몸에 밴 것을 보면 아이들은 어른의 행동을 모방하며 자란다는 말이 맞는 것이 분명합니다. 전기, 가스, 물은 외출할 때 꼭 점검하고, 아무리 풍족해도 아껴 써야 한다는 것이 몸에 배어 있으나 공동 생활을 해보면 모두가 다 그렇게 하고 사는 것은 아닙니다.

어쩌다 조금이라도 방심하여 흐르는 물에 설거지를 하고 걸레를 빠는 것을 보시거나 빈 방에 전기를 켜둔 것을 발견하면 노스님은 당장 "네가 수도사업소 사장 딸이냐? 네가 전기회사 사장 딸이냐?" 하시며 불호령을 내리셨지요. 수도사업소 사장 딸이나 전기회사 사장 딸이라고 해서 어디 수돗물과 전기를 마음대로 쓰겠습니까만, 어렵고 궁핍했던 그 시절 노스님은 물 한 방울도 아껴야 한다는 교훈을 몸소 실천하신 것입니다.

가장 충격적이었고 오래도록 잊히지 않는 노스님에 대한 기억이 하나 있습니다. 그때 무슨 일이었던지 노스님께서 다리를 다치셔서 정강이 쪽으로 고름이 생겼는데, 그 당시에는 약도 없고 병원에 가는 것도 어려운 시절이라 노스님은 식은 밥을 고름이 나는 다리에 바르고 그걸 헝겊으로 칭칭 감고 계셨습니다. 그러다가 그것을 떼어낸 뒤, 밥알을 물에 깨끗하게 헹구고 냄비에 폭폭 끓이시더니 다시 그것을 꼭꼭 씹어서 드시는 것이 아닙니까.

저는 깜짝 놀라 소리치며 "노스님 그렇게 더러운 것을 드시면 안 돼요" 하며 냄비를 빼앗으려 했지요. 그러자 노스님은 "승려가 이 쌀 한 톨 만들어지는 데 아무것도 한 일이 없고, 시주자가 가져다주는 쌀을 받아먹기만 하면서 쌀 한 톨의 은혜를 가볍게 여기면 갈 곳은 지옥밖에 없다. 승려는 은혜 중에 시은(시주 은혜)이 가장 무거운 줄 알아야 한다" 하시고는 아무렇지도 않게 그 고름 밥을 드셨습니다.

한동안 저는 그 기억을 떠올리기만 해도 속이 매스껍고 울렁거려왔지요. 그러나 지금은 노스님의 그런 행동이 수행자의 본분임을 깨닫고 있습니다.

옛 스님들의 행동은 그 자체가 수행이고 정진이며 기도였습니다. 곡물 한 톨도 아끼고 소중하게 여기는 그 마음이 바로 부처님 마음이 아닐까 하는 생각으로 노스님을 떠올릴 때마다 저절로 두 손 합장하게 됩니다.

이제 뒤뜰로 나가봐야겠습니다. 물뿌리개에 물을 받아 꽃들의 목을 적셔줄까 합니다. 물을 주는 이 행위가 명상이 될 수 있도록 마음의 찌꺼기 다 씻어내고 오롯이 물 주는 그 행위에만 집중해야겠습니다. 물을 줄 때는 물 주는 그것에만, 길을 걸을 때는 길을 가는 그 행위에만, 밥을 먹을 때는 오로지 밥 먹는 그 한 가지 행위에만 집중하다 보면 삶의 곳곳에서 명상과 만날 수 있습니다.

더불어 사는 생명

밤새도록 전화 상담원 노릇을 하던 시절이 있었습니다. 늦은 밤부터 다음 날 아침까지 전화를 받다 보면 정말 별의별 사연을 다 만나게 되지요. 사람들은 아마 어둠에 가려 아무것도 보이지 않는 깊은 밤 시간이 되면 자신의 내밀한 사연을 털어놓기 쉬워지는 모양입니다. 스스로를 돌아보는 시간이기도 하고 생각을 차분하게 정리하는 때가 바로 밤인 것 같습니다. 참으로 기이하거나 애절하거나 가슴 아픈 일들과 숱하게 만났지만 그 가운데 아직도 기억에 남는 사람이 있습니다.

자신을 30대 초반이라고 밝힌 그 남자는 전화를 걸어온 뒤 10여 분간 말을 꺼내지 못하고 한숨만 내쉬었습니다. 어렵게 대화가 시작되자 죽고 싶다는 말과 함께 그는 실제로 자살하기 위해 모든 계획을 다 세워둔 상태라고 했습니다. 특별한 경우를 제외하고는 이쪽 신분을 밝히지 않게 되어 있어, 그분은 제가 누구인지도 모르는 상태로 그렇게 자신의 고민을 털어놓기 시작했습니다.

사연인즉, 쥐꼬리만 한 재산으로 자영업을 하다가 일시에 재산을 잃고, 다섯 살짜리 아들까지 죽게 되었으며, 슬픔과 고통을 느낄 겨를도 없이 아내가 가출했다는 것입니다. 아무리 생각해봐도 자신에게 왜 이런 엄청난 일이 닥쳐왔는지 알 수가 없다며 그분은 흐느껴 울었습니다.

그렇게 네 시간 가까이 그분은 자신의 이야기를 독백하듯 이어갔지요. 한동안 이야기를 듣고 나자 그분의 집안 사정까지 훤하게 알 수 있었습니다.

중간중간 짧은 대꾸만 하며 조용히 듣고 있던 제게 맺힌 이야기를 털어놓을 만큼 털어놓았을 무렵 그는 제게 질문을 해왔습니다. “결혼하셨습니까?” 질문은 그거였습니다. 몇 시간 동안 마음속 이야기를 털어놓고 보니 후련하기도 했고, 문득 이렇게 깊은 밤중에 싫다는 기색도 없이 남의 이야기를 들어주는 상대에 대해 궁금한 생각이 들었겠지요.

상대가 승려인 줄도 모르고 결혼했냐는 질문을 했던 그는 그러나 결혼 안 했다는 제 대답을 듣자 크게 한숨을 내쉬며 “정말 잘하셨습니다" 하고 말하더군요. 그러고는 다시 "그럼 사는 게 행복합니까?" 하고 물었습니다. 그 또한 당연한 의문이겠지요. 남의 딱한 사정을 들어주고 상담을 할 정도라면 적어도 불행하지는 않겠지, 하고 생각할 수 있을 테니까요.

행복하냐는 그의 물음에 이렇게 대답했습니다. "지금 천길 벼랑 끝에 서 계신 선생님이 생면부지의 저를 이렇게 가장 친한 친구 대하듯 하며 간절한 고백을 하고 있는데 어찌 감사하지 않을 수 있겠습니까. 지금 이 순간을 저는 감사하게 생각합니다. 그리고 감사하는 그 마음이야말로 행복과 이어지는 것 아닐까요."

제가 하는 대답을 진지하게 듣던 그분은 뜻밖에 가볍게 웃음 섞인 목소리로 "일생을 통해 한 번도 내 이야기를 이렇게 군말 한마디 없이 온전히 들어준 사람이 없었습니다. 이야기를 하는 동안 한 가지 깨달은 게 있군요. 가슴속에 있는 사연을 누군가가 이렇게 들어주기만 해도 위로가 됩니다. 돌이켜보면 나 역시 부모나 아내를 원망만 했지, 그들의 고통을 진지하게 들어준 적이 없었습니다" 하고 말하더군요.

그날 통화를 끝내며 그분은 자살을 생각하며 주머니에 넣어 가지고 다니던 수면제를 버리겠다고 말했습니다. 물론 그분이 그 뒤 어떻게 되었는지는 모릅니다. 그러나 상담을 하면서 얻게 된 직감으로 저는 그분이 결코 자살을 택하지는 않으리라 느꼈지요.

세월이 흐르고, 인터넷에 자살 사이트가 있다는 사실을 알고 깜짝 놀랐습니다. 자살 사이트를 통해 젊은 사람들이 죽음을 하나의 동반의식처럼 실행하는 것을 보고 안타까운 마음을 금할 수가 없었습니다. 누가 진지하게 그들의 사연을 들어주기만 해도 그들이 그렇게 생명까지 버리려 하진 않을 건데… 하는 순진한 생각이 그 옛날 전화 상담을 하던 때를 떠올리게 했습니다.

생명을 자기 것이라 여기며 언제든지 버릴 수 있다고 생각하는 것은 그릇된 생각입니다. 생명은 결코 나 혼자만의 것이 아니니까요.

'나'라고 할 때 그 '나'가 무엇인지 생각해보셨나요? '나'라는 것도 알고 보면 에고일 뿐 진정한 '나'가 아닙니다. 진정한 '나'도 아닌 한갓

에고가 내린 죽음이란 결정이 어찌 옳은 것일 수 있겠습니까.

내 몸 안엔 하나의 생명만이 아닌 수많은 생명들이 함께 살고 있습니다. 우리 몸에 필요한 미생물과 박테리아, 심지어 기생충까지 더불어 살고 있는 이 몸을 도대체 누가 '내 것'이라 주장하며 함부로 해칠 수 있단 말입니까.

몸에 깃든 수많은 생명들이 함께 소멸된다는 뜻에서 자살이란 결코 자살이 아닌 타살일 수밖에 없습니다. 내 몸을 소중하게 여기고 아낄 수 있는 사람만이 타인에 대한 자비심을 가질 수 있는 이유도 그 때문입니다.

의식 깨어 있기

가을이 되면 쓸쓸하다는 분들이 많습니다.
언제부터, 그리고 누구로부터 듣고 배운 것일까요?
정말 가을은 쓸쓸하고 외로운 걸까요?
그러나 제게 있어 가을은 그저 가을일 뿐입니다.
한 걸음만 물러서서 마음이 일으키는 느낌과 생각들을
주체적으로 알아차림 해보면 어떨까요?

내 안에서 흔들리는 모든 생각은 바깥에 있는 대상이 흔들리는 것이 아니라, 내 안에서 끌어당기거나 밀어냄으로써 마음이 스스로 동요하는 것입니다. 이것을 알아차리는 것이 중요합니다.
마음의 움직임을 충분히 알아차릴 수만 있다면 의식의 미묘한 변화를 미리 알게 됩니다. 그렇게 가만히 주의 깊게 마음에서 일어나는 모든 현상을 지켜보는 동안 의식은 깨어납니다. 흔들림을 있는 그대로 느끼면서 지켜보는 동안 잠들어 있던 의식이 깨어나게 됩니다.

고통을 겪어보면

평소 귀중해 보였던 것들이

한순간에 부질없게 느껴지고

평소 가치 없게 생각했던 것들이

무엇보다도 소중한 것임을 깨닫습니다.

Lee Il Soon

돌산을 깎아 길을 만든 남자

인도의 산간벽지, 사방이 산으로 둘러싸인 마을이 하나 있었다고 합니다. 그 작은 마을은 돌산으로 막혀 있어 쉽게 오고 갈 수가 없으니 다른 마을과 소통하기도 힘들었습니다. 그곳에 사는 한 남자는 바위 절벽 아래에 매일 내려가 조그마한 땅을 개간해서 농사를 짓고 있었지요. 그의 아내는 도시락을 싸서 암벽에 붙어 조심조심 내려가 도시락을 전해주곤 했습니다. 그렇게 살던 어느 날, 여느 때와 다름없이 도시락을 싸서 오던 아내가 그만 발을 헛디뎌 낭떠러지에서 떨어진 거예요. 심하게 다친 아내를 발견한 남자는 아내를 데리고 병원에 가고 싶었지만 갈 길이 없었지요. 시내까지 가려면 돌산을 피해 50킬로미터를 돌아서 걸어가야 했고, 시간을 지체하는 사이 아내는 세상을 떠났습니다.

이 남자는 아내가 길이 없어 병원에 가지 못해 죽었다는 사실에 고통스러워했습니다. 그리고 염소를 팔아 망치와 정을 구했습니다. 그는 돌산을 깎아 길을 만들기로 결심한 것이죠.

사람들이 모두 비웃었지만 그는 묵묵히 돌산을 깎았습니다. 그렇게

22년 동안 그는 오로지 돌산만 깎았고, 50킬로미터를 걸어야 닿을 수 있던 곳이 그의 노력으로 단 3킬로미터로 단축이 됩니다. 저는 돌산을 깎아 길을 만들어낸 뒤 그 남자가 했던 말이 너무나 감동스러웠습니다.
"아내가 세상을 떠나고 난 뒤 나는 너무나 슬프고 고통스러웠습니다. 내가 이토록 소중한 것을 잃고 난 뒤에 이렇게 고통스러운데, 다른 사람은 나처럼 고통스럽지 않았으면 좋겠습니다."

세상엔 정말 다양한 사람이 살고 있고, 이 남자와는 완전히 다른 삶을 사는 사람도 많습니다. 꽃 한 송이도 함부로 꺾기 어려운 사람이 있는가 하면 부모가 자식을 낳아서 죽음으로 몰아넣고도 양심의 가책을 받지 않는 사람도 있습니다. 각박한 세상에서 이 남자의 이야기는 저에게 굉장한 울림으로 다가왔습니다.
어쩌면 그는 길 하나 없이 살았던 자신의 삶에 대한 원망으로 그렇게 돌산을 깎았을지도 모릅니다. 그러나 그가 세상에 대한 원망으로 길을 냈다고 해도 대단한 일입니다. 그렇게 '길이 없어서 아내가 죽었어' 하는 원망 속에서 해냈다 해도 위대하고 대단한 일인데, 그는 오히려 '내가 슬프고 고통스러운 만큼 남들은 나처럼 고통스럽지 않았으면 좋겠다'는 마음으로 22년간 길을 냈습니다. 이는 웬만한 수행자의 수행력과도 비교할 수 없는, 그 어떤 정진을 한다고 해도 도달하기 힘든 도의 단계입니다. 불가에서 행하는 '내가 고통스러웠던 것처럼 남을 괴롭히지 않겠다'는 기도처럼 말이지요.

그가 낸 길은 사랑의 길이면서 도가 통한 길입니다. 저는 이 이야기를 들었을 때 분명히 그가 아내를 다시 만났을 거라는 생각을 했습니다. 사랑은 그런 길을 통해 만나지는 것이니까요.

무례한 사람 앞에서

무례한 사람과 마주치면 그에게 어떤 태도를 취하시나요? 상대가 아무리 무례하고 불쾌하게 행동해도 그런 상대를 향해 웃기만 하는 사람을 본 적이 있나요? 무례한 자 앞에서도 미소를 보이는 사람을 보며 우린 "그 사람 천사네"라고 말합니다.

"천사라니요? 전 그저 내 마음을 다스리는 법을 알 뿐입니다"라고 대답할 수 있는 사람이 주위에 많이 있다면 우리 삶은 좀 더 행복해지겠죠?

무례한 사람과 마주치면 불쾌해지는 건 인지상정이지만, 그런 무례를 무례로 되갚지 않고 자비심으로 대할 수 있는 이는 스스로의 마음을 다스릴 수 있는 사람이라는 말, 저도 명심하고 싶은 말씀입니다.

배은망덕에 대해

오늘은 인도의 깨달은 성자 오쇼의 이야기를 한 가지 들려드리려 합니다. 현대의 스승으로서 전 세계 수많은 제자들을 깨달음에 눈뜨게 했던 오쇼에게는 20년을 함께했던 여자 비서가 있었습니다. 그런데 어느 날 그녀가 미국의 오쇼 명상센터를 크게 지을 것을 제안하면서 두 사람 사이가 벌어지게 됩니다. 그녀는 미국에 이미 부지까지 마련해둔 상태라고 했지요. 오쇼는 명상센터 짓기를 허락하지 않았고, 그 일로 두 사람은 원수 사이가 되어 돌아서게 되었습니다. 20년을 손발처럼 수발했지만 자기의 이익과 맞지 않자 원수로 돌변한 그녀는 스승을 헐뜯고 욕하며 입에 담을 수도 없는 말을 지어내어 세상을 발칵 뒤집어놓았다고 합니다.

그러나 오쇼는 태연했습니다. 오쇼의 유일한 대응은 바로 반응하지 않는 것이었습니다. 2년이란 시간 동안 그녀는 더 심한 욕설로 상황을 최악으로 몰고 갔지만 오쇼의 가르침을 따르는 사람들은 누구도 그녀에게 반응하지 않았습니다. 결과는 그녀 혼자 파멸의 길로 갔을 뿐입니다. 세월이 지난 뒤 오쇼는 이런 내용의 이야기를 했다고 합니다.

"그녀가 전생부터 지어온 카르마(업보)로 인해 받아야 하는 고통은 이제 시작일 뿐이다. 누군가가 자신의 업 때문에 혼란을 겪고 있을 때 그 산란한 마음의 바람을 함께 타지 말라. 오직 멈추고 바라보라. 감각이나 감정에 의존하여 판단하면 끝없는 소용돌이에 휘말리게 될 것이다. 그녀가 증오하고 혐오하는 대상은 바로 자신이기 때문이다."

오쇼의 경우와 마찬가지로 부처님에게도 이런 사례가 있었습니다. 부처님 당시, 가장 뛰어난 제자이며 지혜제일이라 불리는 사리불 존자 또한 그런 일을 겪었지요. 부처님 제자 중에서 늘 사리불을 헐뜯고 다니는 사람이 있었습니다. 그는 심지어 부처님께도 "사리불 같은 사람은 승방에서 내보내야 합니다. 건방지고 겸손하지 않으며 욕심쟁이입니다"라고 이간질을 했습니다. 세 번씩이나 고자질을 해도 부처님은 그에게 그런 생각하지 말라며 타이르기만 했습니다. 마침내 그는 부처님까지 원망하며 짐을 챙겨 승방을 떠나고 말지요. 그런 그를 보며 부처님은 제자들에게 이렇게 말씀하셨습니다.

"그는 돌이킬 수 없는 큰 업을 지었다. 그가 저 대문을 다 나서기 전에 그는 머리를 부딪치고 죽게 될 것이다. 선량하고 덕 높은 수행자를 험담하고 음해하는 죄는 너무도 커서 바로 그 자리에서 과보가 뒤따른다."

정말 그는 승원을 다 빠져나가기도 전에 넘어져 머리에 피를 흘리며 죽었다고 합니다.

우리 또한 삶 속에서 이런 일을 겪을 때가 있습니다. 믿었던 직원이나 친구, 상사, 동료 등 한때 내게 은혜를 입었던 이가 갑자기 적이 되어 나를 해치는 경우가 있습니다. 자기의 이익과 맞지 않을 때 인간이 취하는 배은망덕한 행위가 그것이지요. 그런 경우를 겪을 때 해야 될 일이 무엇일까요? 그것은 바로 오쇼가 행했던 무반응 그것입니다. 반응하지 않는 그런 대응이야말로 거친 파도를 잠재우는 특효약입니다. 다소 시간이 걸린다 하더라도 물결은 결국 가라앉아 잠잠해질 것입니다.

말의 에너지

이 세상 모든 소리에는 에너지가 담겨 있습니다. 우리가 무심코 하는 말 한마디 한마디에도 인간 개인의 존재의 질이 저장되어 있습니다. 한순간 무심코 내뱉는 말 하나에도 전생의 기억과 미래에의 가능성이 담겨 있다면 함부로 말할 수 없을 것입니다.

말 속에 담긴 에너지는 때로 사람을 해치기도 하고, 기죽어 쓰러질 것 같은 사람을 일으켜 세우기도 합니다. 말에 어떤 에너지를 담느냐에 따라 우리의 미래는 부정적인 방향으로 가기도 하고 긍정적인 방향으로 가기도 합니다.

어리석은 사람은 순간의 감정을 참지 못해 말 속에 저주와 분노의 에너지를 쏟아붓지만 부정적인 그 에너지는 가장 먼저 스스로를 상하게 합니다. 무심코 던지는 한마디 말에도 밝고 따뜻한 에너지를 담을 수만 있다면 당신의 미래는 아무 걱정할 이유가 없습니다.

차가운 겨울의 엘레지

차가운 날씨에 혼자서 살고 계신 독거노인들, 그리고 도시의 한쪽에 마치 섬처럼 분리된 채 차가운 쪽방에서, 영하의 날씨를 견디고 있는 어려운 분들을 생각하면 두 발 뻗고 자는 것도 미안할 때가 있습니다.

살을 깎아내는 듯 차가운 한파가 밀려오고 밀려가고 있지만, 어려운 이웃을 돕는 사랑의 손길도 예전 같지 않다고 합니다. 성금을 잘못 유용한, 일부 그릇된 삶을 살고 있는 사람들의 영향도 크겠지요.

그런데 우리가 살고 있는 이 지구는 우리의 심리와 정신의 상태에 정직하게 반응하고 있다고 합니다. 우리 모두가 좋은 생각을 하면 지구의 환경 또한 좋아지고, 인간의 마음속에 불같이 타오르는 파괴적인 분노와 원한의 감정이 커지면 그런 부정적인 에너지가 지진과 같은 파괴적인 재난을 불러일으킨다고 하지요.

우리가 어떤 마음을 먹느냐가 그만큼 우리 삶의 환경에 직접적인 영향을 미친다는 말입니다.

찾아보면 도처에 섬처럼 떨어져 있는 외로운 사람, 소외된 사람이 있습니다. 그런 분들을 향해 따뜻한 마음을 낸다면 우리가 살고 있는 지구의 환경 또한 따라서 따뜻해질 것입니다.
내가 내는 따뜻한 마음 한 조각은 신기루처럼 헛되게 사라지는 게 아니라 우리 삶의 환경을 따뜻하게 만듭니다. 가까운 곳에 어려운 분이 없는지 마음을 내어 찾아보십시오. 그리고 그분들에게 내가 할 수 있는 작은 것이라도 나누고 사랑을 보내어보십시오.

저항감이 클수록 상처가 깊지요

달팽이는 아주 날카로운 칼날 위에 서서도 전혀 상처를 입지 않는다고 해요. 정말 놀랍죠? 날카로운 칼날 위에 올라서면 우리는 손이 베이거나 발이 베이거나 몸이 베이게 돼 있어요. 근데 달팽이는 자기 몸에서 점액질을 내며 워낙 느린 속도로 움직이기 때문에 칼날 위를 기어가도 전혀 상처가 나지 않는다고 해요.

우리는 자신의 칼날과 타인의 칼날 위에서 끝없이 서로를 평가하고 해석하면서 좋다 싫다 욕망하고 저항합니다. 그러나 이런 욕망과 저항감이 크면 클수록 상처가 깊어집니다.

배신의 상처, 미워하는 마음의 상처, 시기질투심의 상처, 분노로 인한 상처, 뜻대로 되지 않는 욕망에 의한 상처, 이게 전부 다 칼날 위에서 베이고 다치는 거라고 할 수 있습니다. 그러나 달팽이처럼 그렇게 느리게 가면 저항도 사라지고 갈등이나 번뇌도 사라지는 모양입니다.

서두르지 않고 나아가면 의식에 아무 흔적을 남기지 않는다는 말이 있습니다. 여기서 서두른다는 건 빠른 속도로 판단하고 분별하는 것을 말합니다. 저건 나빠, 저건 싫어, 저건 왜 저래? 저건 왜 저 모양이야? 이런 것들이 모두 우리가 칼날 위에서 하고 있는 몸부림들이지요.

존재를 있는 그대로 보는 게 아니라, 내 기억과 내 생각과 내 판단과 내 잣대로 판정하는 것이 바로 칼날 위의 몸부림이란 말입니다. 칼날 위에서 몸부림을 치니 베일 수밖에 없는 거지요.

세상에 시간이라는 것이 존재하지 않는다는 듯 느리게, 느리게 기어가는 달팽이. 그런 달팽이는 칼날이 아무리 날카로워도 스스로 칼날에 저항하고자 하는 의지가 없으니 베일 일도 없습니다. 아무리 날선 세상의 칼날이라 해도 저항 없는 존재에게는 비켜 갈 수밖에 없는 것입니다.

마음공부 잘하는 방법

마음공부 잘하는 법은 어떻게 보면 간단하고도 쉽습니다. 아무리 작은 것일지라도 은혜에 감사하고 고마워하는 것입니다. 그러나 만족할 줄 모르는 이들은 대부분 '이것은 왜 이 모양이야?' 하고 불만을 토하고 '저것은 또 왜 저 모양이야?' 하며 불만을 토합니다.

'이 사람은 왜 이 모양이고, 저 사람은 왜 저 모양이며, 이 스님은 왜 이 모양이고, 저 스님은 왜 저 모양이지?' 하며 모든 것이 마음에 안 들어 또 다른 것을 찾습니다.

이런 이가 고마움을 알 리 없습니다. 하늘과 땅과 바다와 강과 꽃과 별과 나무의 은혜에 이런 이가 감사한 마음을 느낄 리가 없습니다. 무심결에 고마움을 잊고, 은혜를 등지고 살아가진 않는지요?

고마움과 은혜, 존경심과 공경하는 마음을 잃어버리면 수행은 뒷걸음질 치고 마음공부는 멀리 달아납니다. 이런 마음은 산만하고 불안하며 안절부절못하고 고집스럽고 비뚤어집니다. 산만하고 비뚤어진 마음으로는 아무리 애를 써도 정진에 진보가 없더군요.

실제로 수행자가 공부에 진척이 없어 방황할 때는 거의가 은혜와 공경심, 존경심과 감사함을 잊고 제 잘났다는 생각으로 가득 찼을 때입니다. 이럴 때 기도와 정진은 그 힘을 받지 못합니다. 은혜를 등지고 고마움을 잊고, 존경심과 공경심을 팽개친 채 불순하고 불량한 마음자리를 우뚝 세우고 있다면 마음을 챙길 수조차 없어집니다. 고마움과 은혜를 아는 마음이야말로 마음공부를 잘할 수 있는 지름길입니다.

다시 피는 연꽃

쉬고 싶을 때 무엇을 하시나요? 저는 경전을 읽거나 과학 서적을 보면서 휴식을 취합니다. 그중 가장 즐기는 휴식 방법은 그림책이나 사진책을 보면서 머리는 식히는 것이지요.
다양한 작가들의 작품집을 넘기고 있노라면 어느새 시간과 공간을 넘어 3차원에서 4차원으로 훌쩍 도약해 있는 기분이 듭니다.

봄비가 내리는 오늘은 서가에서 사진첩 한 권을 뽑았습니다. 뇌과학자들로부터 세상에서 가장 행복한 뇌로 인정받은 마티유 리카르 스님의 사진책입니다. 그는 프랑스에서 태어나 세포 유전학으로 박사 학위를 받은 과학자였는데 어느 날 홀연히 히말라야로 떠나 40여 년의 시간을 명상 수행자의 길을 걸으며 티베트 스님으로 살아갑니다. 《승려와 철학자》라는 책을 펴낸 작가이기도 하지만 히말라야와 티베트 사람들을 사진에 담는 사진작가이기도 합니다.
그의 사진을 한 장 한 장 넘기고 있으면 마음은 벌써 티베트 사원에 도달하여 자비의 진언 옴마니반메훔을 염송하는 순례자가 됩니다.

《고통에서 피는 희망》이라는 이름의 그의 사진첩을 통해 히말라야 고원을 달리고 수미산을 돌고 오래된 사원에 들어가 스님들과 함께 기도 속에 빠져듭니다. 힘들고 어려운 환경 속에서 살고 있지만 용기와 희망을 놓지 않고 맑고 순결한 미소를 잃지 않는 티베트인들의 정신력이 경이롭습니다.

한 페이지 넘길 때마다 하얀 이를 드러내며 꾸밈없이 연꽃처럼 웃는 그들의 얼굴이 제게 '아무 걱정하지 마, 다 괜찮아, 아주 잘하고 있어, 내가 널 위해 언제나 기도하고 있을게' 하는 것 같아 제 얼굴에도 미소가 번지고 가슴은 따뜻해집니다.

연민과 자비심 가득한 스승님들의 눈빛만 보아도 눈물이 고입니다.

마니차를 돌리며 자비의 진언을 염송합니다.

옴마니반메훔.

여러분의 삶이 복되기를 저도 간절히 기도합니다.

한마디 말이 꽃향기가 되고

한마디 말이 따뜻한 밥 한 그릇이 되고

한마디 말이 지친 사람에게 의자가 되며

한마디 말이 상처 입은 이에게 신비한 약이 되고

내가 하는 말 한마디가 어둠을 밝히는 등불 되게 하소서.

정목 합장

표지그림 **김인옥**

홍익대학교 미술대학 동양학과 및 동 대학원을 졸업했다. 20여 회의 개인전과 250여 회의 단체전에 참여했다. 대한민국 미술대전 및 공모전 심사위원을 역임했다.

기다림 12-102, 72×60cm, 순지에 채색, 2012

본문그림 **이일순**

전북대학교 예술대학 미술학과 및 동 대학원을 졸업했다. '쉼과 위로'를 주제로 그림을 그리며 17회의 개인전 및 초대전을 열었고, 현재 전북대학교 미술학과에서 강의를 하고 있다.

p.8	함께, 38×38cm, 캔버스에 아크릴릭, 2014
p.15	숲에서, 51×51cm, 캔버스에 아크릴릭, 2013
p.35	여행자, 51×51cm, 캔버스에 아크릴릭, 2015
p.55	만족, 72.7×60.6cm, 캔버스에 아크릴릭, 2007
p.81	숲에서, 116.8×116.8cm, 캔버스에 아크릴릭, 2015
p.102	숲에서, 162.2×112.1cm, 캔버스에 아크릴릭, 2015
p.127	초대, 38×38cm 캔버스에 아크릴릭, 2013
p.153	숲에서, 116.8×116.8cm, 캔버스에 아크릴릭, 2015
p.173	함께, 75×75cm, 캔버스에 아크릴릭, 2014
p.193	쉼-숲, 116.8×116.8cm, 캔버스에 아크릴릭, 2013
p.215	함께, 51×51cm, 캔버스에 아크릴릭, 2015
p.234	숲에서, 162.2×112.1cm, 캔버스에 아크릴릭, 2015
p.259	별-마을, 38×38cm, 캔버스에 아크릴릭, 2012

꽃도 꽃피우기 위해 애를 쓴다

1판 1쇄 인쇄 2017년 4월 25일 **1판 8쇄 발행** 2023년 2월 10일

지은이 정목 스님
발행처 꿈꾸는서재 **발행인** 황은희, 장건태
책임편집 황은희 **편집** 최민화, 마선영 **마케팅** 이종문 **제작** 제이오
주소 경기도 파주시 회동길 337-16, 302호(10881)
등록 2015년 3월 10일(제2015-000055호)
전화 031)955-9790 **팩스** 031)955-9796 **전자우편** info@suobooks.com
홈페이지 www.suobooks.com
ISBN 979-11-87498-11-7 03810 책값은 뒤표지에 있습니다.

© 정목 스님, 2017
이 책은 저작권법에 따라 보호받는 저작물이므로 무단전재와 복제를 금합니다.
이 책 내용의 전부 또는 일부를 사용하려면 반드시 저작권자와 꿈꾸는서재에게
서면동의를 받아야 합니다.

이 도서의 국립중앙도서관 출판시도서목록(CIP)은 서지정보유통지원시스템 홈페이지(http://seoji.nl.go.kr)와
국가자료공동목록시스템(http://www.nl.go.kr/kolisnet)에서 이용하실 수 있습니다.(CIP제어번호: CIP2017009370)